혼자도 두렵지 않다

정태성 수필집

머리말

    어쩌면 삶은 혼자서 걸어가는 길인지도 모릅니다. 나에게 다가왔던 모든 것들이 시간이 지나면 언젠가는 모두 떠나가게 됩니다. 그러한 것들을 잡으려고 많이 집착했던 적이 있었습니다. 하지만 요즈음에는 그러한 집착이 얼마나 허무한 것인지 깨닫게 되었습니다.

    혼자서 걸어가야 하는 길이라 할지라도 두려워 할 필요는 없을 것 같습니다. 그것이 삶 그 자체라면 나의 욕심과 집착을 내려놓고, 모든 것을 받아들이고 마음의 평안을 가지고 걸어가는 것이 현명하다는 생각을 하게 됩니다.

    인생이라는 길을 가면서 저 나름대로 애착을 느끼는 것들이 있습니다. 그러한 애착이 나 자신이 투영된 것이 아닌가 싶습니다. 부끄럽고 부족하지만 글로 엮어보았습니다.

    내일은 오늘보다 더 나은 날이 되기를 소망할 뿐입니다.

2023. 6.

글쓴이

차례

3

1. 잊고 싶지 않은 얼굴들

돌이켜 생각해 보면 그동안 참으로 많은 사람들을 만났던 것 같다. 이제는 그 이름조차 잘 기억이 나지 않는 사람들도 많다. 내가 있었던 공간과 시간은 이루 셀 수 없이 많았고, 그 과정에서 만났던 모든 사람들은 이유가 어찌 되었든 한 공간과 시간 속에 있었기에 그 만남이 가능했을 것이다. 그것은 결코 쉽지 않은 우연임을 부인할 수는 없다.

그 수많은 인연 중에서도 잊고 싶지 않은 얼굴들이 있다. 가슴 아프게도 그 얼굴 중에는 이미 이 세상을 떠나버리고만 사람들도 이미 존재한다. 또한 아직 이 땅 위에 살고 있으나 영원히 만나지 못할 사람도 있을 것이다.

내가 잊고 싶지 않은 얼굴들은 그 첫 만남이 언제인지와는 상관없이 아직까지 제 마음 깊은 곳에 남아 있기 때문일 것이다. 바쁘게 사느라 정신이 없을지라도 어느 순간 그 얼굴들이 떠오른다.

오늘따라 그 얼굴들을 하나씩 떠올려보고 싶어졌다. 그에 맞추어 그 사람들의 이름 또한 기억해 내고자 애를 써 본다. 잊고 싶은 않은 그 얼굴들을 회상하며 지나온 시간을 추억해 본다.

잊고 싶지 않은 얼굴 중에 내가 정말 고마움을 느끼는 사람들은 저를 많이 좋아해 준 사람들이라는 것을 깨닫게 된다. 물론 그 사람들은 그리 많지 않다. 인연이 닿지 않아 잠시 스쳐 지나가는 듯한 사람도 있다. 하지만 그 시간의 길이가 중요한 것도 아니었던 것 같다. 마음만 있었다면 비록 짧은 시간이었을지언정 제 평생동안 잊히지 않을 것만 같다.

잊고 싶지 않은 사람들과 함께했던 시간은 참으로 따뜻했던 것 같다. 또한 순수하고 아름다웠던 것 같다. 부족한 것이 많아도 있는 그대로 받아주고 이해했던 것 같다. 오래도록 함께하지 못함을 못내 아쉬워했던 것 같기도 하다. 자기 자신을 내세우는 것보다는 상대를 우선 생각했던 것 같다. 비록 잘난 것은 없어도 아무런 문제가 없다고 인식했던 것 같다.

잊고 싶지 않은 사람들과 함께했던 그 시절로 한 번만이라도 돌아갈 수 있다면 얼마나 좋을까? 그런 기회가 저에게 주어진다면 정말 얼마나 기쁘고 행복할까? 어린아이의 마음으로 그것을 기대하는 것은 무슨 이유 때문일까?

아름다운 추억으로만 만족하고 싶지 않은 이유는 아마도 그 잊고 싶지 않은 얼굴들이 많이 그립기 때문인가 보다. 아무것도 바라지 않고 그저 함께 있었던 것만으로도 행복했던 시간이었다. 그 얼굴을 다시 볼 수 없다는 것을 너무나 잘 알기에 마음이 무겁기도 하다. 삶은 그렇게 우리를 외면하는 것 같다.

현실을 너무나 잘 알기에, 잊고 싶지 않은 얼굴들을 추억해 보는 것만으로 만족해야 할 것 같다. 그래도 그 추억할 수 있는 시간이 저를 행복하게 해주는 것 같다. 그 얼굴들이 있었기에 그나마 저의 삶이 비참해지는 것 같지는 않다. 나의 잊고 싶지 않은 사람들이 지금 어디에 있는지 알 수는 없으나 오래도록 행복하기를 바랄 뿐이다.

2. 주어질 시간

나에게 앞으로 주어질 시간은 어느 정도인 것일까? 주어질 시간 동안 내가 할 수 있는 것에는 어떤 것들이 있을까? 그동안 나는 나에게 주어진 시간을 얼마나 잘 사용해 왔던 것일까?

나의 능력으로는 앞으로 내게 얼마 정도의 시간이 더 주어질 것인지 알 수는 없다. 언제까지 건강한 모습으로 내가 할 수 있는 일들을 하면서 살아갈 수 있을지 그 또한 알 수는 없다.

갑자기 몸이 아파 모든 것을 중단해야 하는 일이 생길 수도 있고, 그래도 건강이 유지돼서 하고 싶은 일들을 어느 정도 계속하게 될 수도 있다.

세월이 흐를수록 나에게 주어질 시간들은 점점 줄어들 것이다. 뿐만 아니라 나의 능력도 점점 줄어들어 어떤 일을 해내는 데 있어서 더 많은 시간이 걸리게 될지도 모른다.

앞으로 나에게 주어질 시간 동안 나는 어떤 일을 어느 정도 하게 될 수 있는 것일까? 많은 시간이 흐른 후 나는 내가 한 일들에 대해 어떤 생각을 하고 있을까?

나에게 얼마 정도의 시간이 주어질지 알 수 없기에 이제부터라도 보다 더 신중하게 나에게 주어진 시간을 의미 있게 보내야 하지 않을까 싶다.

그러기 위해서는 중요한 것들과 덜 중요한 것들, 나의 마음을 더 쏟아부을 것과 덜 쏟아부을 것들, 더 사랑해야 할 것과 그저 스쳐 지나가는 것들로 어느 정도는 구분을 해야겠다는 생각을 하게 된다.

이것저것 모든 것들을 하기에는 나에게 주어질 시간이 그리 많지 않을 것 같다는 생각이 든다. 마음 같아서는 하고 싶은 것을 다 시도해 보고 싶기도 하고, 뭐든지 경험해 보고 싶은 마음도 없지는 않지만, 주어질 시간을 보다 의미 있게 보내기 위해서는 그러한 욕심을 하나씩 버려야 한다는 생각이 든다.

나의 능력에는 한계가 있기 때문에 모든 것을 다 해본다는 것은 어쩌면 시간 낭비가 될지도 모르기 때문이다. 많은 시간을 들여 노력했지만, 그것이 단순히 경험하는 것에 그치는 것이라면 이제는 삼가야 할 나이가 아닐까 싶다. 그것보다 더 의미 있는 일들이 너무나 많기 때문이다.

그래도 다행인 것은 아직 내가 사랑할 수 있는 일이 있다는 것과 내가 사랑할 수 있는 사람들과 삶이 있다는 것이다. 이제는 정말 사랑할 대상과 그렇지 않은 것들을 구별하여 주어질 시간을 후회 없이 보내야 한다는 생각이 든다.

예전에는 많은 사람을 만나려 했지만, 이제는 그것보다는 보다 소중한 사람들을 만나는 데 더 많은 시간을 써야겠다는 생각이 든다. 마음이 통하고 맞는 사람을 만나기도 힘든데 이 사람 저 사람 다 만날 필요가 없을 것 같다.

내가 해야 할 일도 정말 중요하고 소중하며 보다 의미 있는 일들이 어떤 일들인지 파악하여 그것에 더 많은 시간을 써야겠다는 생각이 든다. 이일 저일 마구잡이로 하다 보니 시간이 흐른 후 더욱 중요한 일들을 놓치는 경우가 많기 때문이다.

대상을 구분하는 데 쓰는 시간은 그리 많이 걸리지는 않는다. 하지만 그러한 것을 구분하지 않고 하다 보면 많은 시간이 흐른 후 덜 중요하고 덜 의미 있는 일들을 해놓은 결과가 되기도 하기 때문이다.

내가 이러한 대상을 구분하는 이유는 한 번밖에 주어지지 않는 나의 삶을 사랑하기 때문이다. 사랑하기에 더 아름답고 의미 있는 모습으로 만들어 가고 싶기 때문이다.

지나온 일들을 돌이켜보면 후회되는 일들도 많고 아쉬운 일들도 있고 실수한 것들도 많이 있다는 것을 너무나 잘 알기에 앞으로 주어질 시간이 얼마가 될지 모르기에 그러한 잘못을 더 이상은 반복하고 싶지 않은 마음이다.

나의 삶을 아름답게 만드는 것은 오직 나에 의해 결정될 뿐이다. 어떠한 상황과 환경이 주어지더라도 결국 나의 삶은 나로 인해 선택되고 만들어질 수밖에 없을 것이다.

앞으로 주어질 시간은 지나간 세월보다는 조금이라도 더 아름답고 의미 있는 순간들로 채워가야만 한다. 그러기에 나에게 아직은 시간이 주어지는 것이 아닐까 싶다. 그렇게 주어질 시간이 있다는 것만이라도 어쩌면 커다란 행운이라 할 수 있을 것이다.

　나에게 얼마의 시간들이 더 주어질지는 알 수 없지만, 그 시간들을 더욱 아름답게 채워나가는 것은 오직 나에게 달려 있다는 것은 너무나 확실하다.

3. 놓음

나는 오늘도 많은 것을 부여잡고 있다. 자녀를 마음속에 꽉 붙잡고 있고, 소중한 가족을 나의 것인 양 붙잡고 있다. 내가 하는 일을 꽉 붙잡고 있느라 하루가 너무나 피곤하다. 오늘 해야 할 목표를 다하기 위해 마음속으로 그것을 붙잡고 있기에 살아가는 여유가 없다.

이렇듯 지금 내 주위에 있는 그 모든 것을 그토록 부여잡고 있는 이유는 무엇인 걸까? 그렇게 잡고 있는 것을 어느 순간 갑자기 잃게 된다면 어떤 일이 생길까? 그러한 일이 결코 일어나지 않는다고 누가 보장할 수 있는가?

내가 무언가를 잡음으로서 그로 인해 괴로움은 생기기 마련이다. 그렇게 부여잡고 있는 것을 놓는다고 해서 엄청난 일이 생기지는 않는다.

내 주위에 있는 사람들을 그냥 있는 그대로 믿고 마음속에서 붙잡지 말고 놓는다고 해서 그들을 덜 사랑하거나 그들에게 무슨 일이 생기는 것은 아니다. 그들을 믿는 것이 어쩌면 더 커다란 사랑일지 모른다.

내가 하는 일을 마음속에서 놓는다고 해서 그 일이 크게 잘못되거나 문제가 생길 것 같지는 않다. 그저 마음 편하게 일을 해도 그 일을 잘 마무리할 수는 있다.

무언가를 잡고 있으면 그 잡고 있는 것으로 인해 괴롭고 그러한 것을 알고 있다면 충분히 놓을 수 있을 것이다. 집착은 괴로움을 크게 할 뿐이다. 집착을 한다고 해서 안 되던 일이 되고, 이루지 못 할 일이 이루어지는 것은 아니다.

놓음은 쉽지는 않지만 놓음으로써 더 큰 자유를 느낄 수 있을 것 같다. 집착하는 그 마음 대신 놓음의 마음을 가지려 노력한다면 충분히 가능할 수 있을 것이다.

무언가를 붙잡고 가면 힘들 수밖에 없다. 그것을 내려놓기 전까지 그러한 상태는 계속될 뿐이다. 마음속으로 내가 짊어지고 있었던 것을 내려놓으려 한다.

내가 가지고 있는 모든 것을 나의 마음과 손에서 놓을 수 있을 때 나는 완전한 자유를 느낄 수 있을 것이다.

4. 청남대 울트라 마라톤 100km를 뛰고 나서

청남대는 예전에 대통령 별장으로 사용되었던 곳이다. 이제는 시민의 품으로 돌아와 누구나 언제든 가서 즐거운 시간을 보낼 수 있다. 청남대에서 바라보는 전경은 정말 아름답다. 눈앞에는 대청호가 펼쳐져 있고, 주위에는 산과 나무가 많고 조용하여, 마치 호수 섬과 같은 분위기를 안겨준다.

청남대 울트라 마라톤은 청남대 울트라 조직 위원회에서 주최하는 것으로 전국적으로 널리 알려져 있고, 그 코스가 험하지만 풍경이 아름답기로 유명해 가장 많은 마라토너들이 찾는 울트라 대회이다.

울트라 마라톤이란 마라톤 풀코스인 42.195km 이상을 달리는 것을 말한다. 주로 100km 대회가 가장 많다. 100km는 사실 일반 마라톤 풀코스의 거의 2.5배에 해당하는 거리로 결코 만만한 거리가 아니다. 100km를 16시간 안에 들어와야 공식적인 기록으로 인정된다. 16시간이 어찌 보면 충분히 긴 시간이라 생각될 수 있지만, 40~50km를 넘어서면 일반 사람들의 몸은 한계에 이르러 체력은 바닥이 나게 된다. 이때부터 많은 사람들은 반은 걷고 반은 뛰면서 몸의 상태를 보며 가야 하

기 때문에 만약 몸이 경기 당일 좋지 않다면 결코 끝까지 완
주하지 못한다.

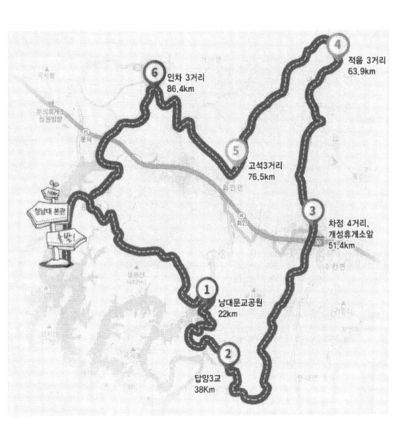

또한 오후 4시에 출발하여 밤을 새워가며 뛰어 다음 날 아침 8시까지 들어와야 한다. 원한다면 밤에 잠을 잘 수도 있지만, 시간 안에 들어오기 위해서는 거의 잠을 자지 않고 밤새도록 계속 달려야만 한다.

이 대회의 코스는 청남대에서 출발하여 염티재, 구름재, 옥천, 보은, 피반령을 넘어 청남대로 돌아오는 100km 코스이다. 코스의 힘든 부분은 아무래도 속리산의 오르막길이다. 특히 초반 15km 부근의 염티재와 후반 80km 부근의 피반령은 4km 정도의 계속되는 오르막길이라 뛰어서 이 고개를 넘는다는 것은 거의 불가능에 가깝다. 염티재 4km와 피반령을 4km를 넘는데 각각 한 시간 정도가 걸린다. 이 지점에서 시간도 많이 걸리고, 체력적으로도 한계를 느껴 중도 포기하는 경우가 가장 많다.

마라톤을 나가기 위해서는 훈련을 많이 하는 것이 정상인데 나 같은 경우 여러 가지 일로 바빠 훈련할 시간이 별로 없었다. 나름대로 시간을 내서 연습을 한다고는 했지만, 내가 훈련하고자 했던 시간에는 턱없이 모자랐다. 게다가 대회가 열리기 2주 전에 몸살로 인해 몸이 너무 아파 1주일 이상을 앓았고 그 와중에 대회 막바지에 훈련을 너무 하지 못해, 걱정이 많이 될 수밖에 없었다.

내가 울트라 마라톤을 뛰겠다고 했을 때 정말 많은 사람들이 나를 말렸다. 나이도 있고, 체력도 좋지 못하고, 너무 바빠 연습도 많이 하지 못해서, 완주는커녕 중간에 부상을 당할 수도 있으니 취소하고 그냥 가을 춘천 마라톤 풀코스에 나가라고 권유를 했다. 어찌 보면 합리적이고 일리가 있는 말이었지만, 그래도 포기하게 되더라도 뛰는 데까지는 뛰어보리라 마음을 먹었다.

누적거리 (km)		지 명	진행방향	기 타
7.1		괴곡 3거리	우회전	
8.2		구룡리입구	우회전	
14.3		염티 3거리	직진	
17.5		염티 정상	직진	290M
21.9	①	남대문교 3거리	좌회전	
22.2		남대문교 공원	일물 CP	백설기, 물
23.2		거교 3거리	우회전	
23.5		조곡 1리	일물 CP	
26.6		판장대교	우회전	
32.2		구룡재 정상	직진	310M
38	②	담양3교		물, 초코파이,바나나
42.2		용촌 3거리	좌회전	
51.4	③	차정 4거리, 개성휴게소앞	time CP	24시제한, 식사
60.0		용수 3거리	좌회전	
61.3		대안 3거리	우회전	
63.9	④	적음 3거리	좌회전 . CP	커피, 쵸코파이
65.7		창리 3거리	좌회전	
66.7		한화 3거리	우회전	
73.6		쌍암저수지	직진	
76.5	⑤	고석 3거리	우회전	물, 초코파이
81.2		피반령정상	직진	360M
86.4	⑥	인차 3거리	좌회전 . CP	오뎅, 온수
92.2		상장 3거리	좌회전	
100.5		청 남 대		

(표 제목: 청남대울트라마라톤 코스 거리표시)

대회가 있는 주간에 매일 연습을 좀 더 하려고 하였으나 어머니가 갑자기 편찮으셔서 어머니를 돌봐 드리느라 정신이 없었고, 이틀은 내내 비가 오는 바람에 훈련을 할 수가 없었다. 할 수 없어 마음을 비우고 하루만 연습을 했다.

시간은 너무나 빨리 흘러 많은 준비도 하지 못한 채 대회 날이 다가왔다. 오전에 할 일을 하고 나서 오후 2시 넘어 대회가 열리는 청남대를 향했다. 청남대 근처는 도로가 2차선이라서 많은 차들로 인해 길이 너무 막혔다. 청남대에 도착하자 주차장은 이미 포화상태였기에 길가에 주차를 한 후 대회 본부로 향했다.

본부석에서 배번을 부여받아 옷에 부착하니 조금은 긴장이 되었다. 많은 사람들은 이미 도착하여 준비를 모두 끝낸 후 출발을 기다리고 있었다. 나 또한 간단히 몸을 풀고 출발에 앞서 마음을 가다듬었다.

식전 행사가 있고 난 뒤 오후 4시가 되었다. 출발을 알리는 소리와 함께 수많은 사람들이 뛰어나가기 시작했다. 나는 워낙 스피도도 없고 체력에도 자신이 없어 다른 사람들과 같은 속도로 뛰다 보면 완주를 할 수 없기에 내 페이스대로 뛰기 위해 대열의 후반에 위치해서 뛰기 시작했다.

일단 초반 15km~20km에 있는 염티재를 잘 넘기는 것을 목표로 삼았다. 4km 정도 계속되는 오르막길은 시간도 많이 걸리고 체력도 심하게 소비되기에 이 고비를 어떻게 넘기느냐가 전체 레이스의 중요한 부분을 차지하기 때문이다.

예상했던 대로 엽티재는 결코 만만한 고개가 아니었다. 이 고개 하나를 넘는 데 한 시간 정도가 더 걸린 것 같았다. 엽티재를 넘느라 체력이 너무 소진되어 20km 이후부터는 힘들어지기 시작했다. 고개를 넘었지만, 속도를 줄일 수밖에 없었다.

30km를 넘어서자 예전에 교통사고가 나서 다쳤던 다리가 아파오기 시작했다. 교통사고 났던 다리가 아플 것이라는 생각은 했지만 예상보다 일찍 통증이 느껴졌다. 사고가 났을 당시 달리기와 등산은 하기 힘들 것이란 의사의 말이 생각났다. 아프다는 생각을 하면 더 힘들 것 같아 아예 다리에 대한 생각을 끊었다.

출발한 지 4시간이 넘어서자 주위는 이미 한밤중처럼 깜깜해지기 시작했다. 아무리 국도라 해도 속리산을 가로지르는 도로이기에 차들도 드물고 기온도 내려가기 시작했다. 주위에서는 후레쉬를 켜고 달리는 사람들이 나타나기 시작했다. 이미 대열은 분산될 대로 분산되어 그 많던 사람들이 어디로 갔는지 내 주위에 있는 사람들은 얼마 되지 않았다. 그렇게 힘겹게 몇 시간을 더 달리다 보니 50km 중간지점이 가까워졌다.

50km에 도착하니 이미 체력에 한계를 느끼기 시작했다. 다행히 이 지점에서 식사가 제공되어 잠시 테이블에 앉아 본부에서 주는 밥을 먹었다. 몸에 힘이 다 빠져나갔는지 밥맛도 없었지만, 나중을 위해서 억지로라도 먹어야 할 것 같았다. 그렇지 않으면 남은 거리를 도저히 달릴 수 없을 것이라 생

각되었다. 시간을 줄이기 위해 식사를 최대한 빨리 마쳤다. 발이 너무 아파 진통제와 근육이완제를 먹었다.

이제부터는 정신력이 모든 것을 좌우한다고 생각했다. 이 지점부터는 모든 사람들이 체력의 한계를 느끼고 몸도 지칠 대로 지치게 된다. 아주 특별한 몇 명을 제외하고는 대부분의 사람들은 육체적으로 한계에 도달한다. 정신력의 여하에 의해 나머지 구간이 완성될 뿐이다.

무리를 하면 안 될 것 같아 페이스를 늦췄다. 시계를 보니 밤 12시를 지나고 있었다. 갑자기 오밤중에 내가 지금 뭐 하고 있는 거지 하는 생각이 들었다. 굳이 이런 것을 해야만 하는 것인지 의문이 들었다. 그냥 포기하고 집에 가서 잠을 자는 것이 낫지 않을까 하는 생각도 들었다. 순간, 이런 생각이 계속 들면 결코 완주를 하지 못할 것 같은 느낌이 들어 생각하는 그 자체를 멈춰야겠다고 마음먹었다. 어떤 생각도 머릿속에 떠오르지 말라는 주문을 스스로에게 걸었다. 그렇게 힘겹게 조금씩 조금씩 달리기에만 집중했다.

피반령이 다가오고 있을 때 나의 몸과 마음은 이미 지칠대로 지쳐 있었다. 어떻게 이 고개를 넘어가야 할지 걱정이 앞서기 시작했다. 이때 뒤에서 누군가가 나를 부르는 소리가 들렸다. 춘자 누님이었다. 그때 내가 느낀 것은 하늘이 천사를 보내주었구나 하는 것이었다. 춘자 누님과 함께 간다면 피반령을 넘어 결승선까지 완주할 수 있을 것 같다는 생각이 들었다. 기운을 내야겠다는 마음을 먹고 춘자 누님의 뒤를 따라 한 걸음 한 걸음 내디뎠다.

85km~90km 사이에 있는 피반령은 말 그대로 마의 구간이었다. 아마 춘자 누님이 아니었다면 나는 피반령에서 시간이 오버되어 완주까지는 힘들었을 것이다. 무릎 수술을 한 지 얼마 되지 않아 많이 불편한데도 불구하고 나를 데리고 가느라 아마 더 힘들었을 것이다. 나 없이 그냥 가셨다면 더 빠른 시간 안에 도착하고도 남았을 것이다.

피반령을 넘어 90km를 넘어서자 춘자 누님은 이제 결승선이 얼마 남지 않았다고 더욱 힘을 내라고 나를 격려했다. 내 몸은 이미 체력의 바닥까지 닿았지만, 그 격려를 바탕으로 있는 힘을 모두 끌어올려 계속 앞으로 나아갔다.

한숨도 잠을 자지 않은 채 달리다 보니 새벽이 다가오고 있었다. 어둡던 밤이 지나고 서서히 동이 터오고 있었다. 이제는 끝나는구나 하는 마음에 더욱 기운을 내야겠다고 생각했다.

그렇게 100km를 달려 결국 결승선을 통과했다. 기록은 15시간 52분. 어찌 보면 나에게 있어 가장 힘들고 고통스럽지만 그래도 뿌듯한 16시간이 그렇게 끝이 났다. 아마 춘자 누님이 아니었다면 제 시간 안에 완주를 못했을 것이다.

결승선에 도달했을 때 완주를 했다는 성취감이 가슴 속으로 밀려왔다. 비록 힘들고 어려웠지만, 끝까지 할 수 있었다는 것에 대해 감사했다.

매주 훈련을 하는 것에서부터 완주까지 많은 사람의 도움을 받았다. 대회 전주에 5시간을 동반주 해주었고, 완주를 위해 이것저것 많이 챙겨준 현길 아우를 비롯하여, 같은 동호회

회원들의 응원과 격려가 완주하는 데 있어 커다란 도움이 되었다.

전에는 몰랐지만, 마라톤을 직접 경험하면서 얻게 되는 것은 몇 가지 있다. 우선 사소한 것에 그다지 신경을 쓰게 되지 않는다는 것이다. 죽고 사는 것이 아닌 이상 주위에서 일어나는 일들에 대해 어차피 별것 아니라는 생각이 든다. 옳고 옳지 않음도 없는 것 같고, 내가 맞다고 주장 같은 것도 하고 싶지도 않고, 다른 이들의 주장에 대해 반응 같은 것도 별로 하게 되지 않는 것 같다. 어차피 다 비슷하고 차이도 없는 것 같은 생각이 든다.

그래서 그런지 많은 것들을 그저 있는 그대로 받아들이는 데 있어 마음이 편해진다. 별 차이도 없는 것을 따진다거나, 비교한다거나 하는 마음도 사라지는 듯하다. 경험이 커다란 스승임을 사뭇 느끼고 있다. 이러한 것들은 아마 직접 경험하지 않았다면 아무리 지식이 많거나 생각을 하더라도 그리 쉽게 얻을 수 있을 것 같지는 않다.

몸은 만신창이가 되어 버렸지만, 결승선을 통과할 때 느꼈던 그 기분은 오래도록 내 마음에 남아있을 것만 같다. 그 기분으로 내일을 살고 또 다른 도전을 하려고 한다. 삶은 도전이고 경험이며 뜨거운 가슴으로 느끼는 것이 아닐까 싶다. 내가 이날 울트라 마라톤을 위해 걸은 걸음은 정확히 143,317 보였다.

완주 기념 십장생 주석판

5. 솔뫼 성지

솔뫼성지는 우리나라 최초의 신부인 김대건 안드레아의 탄생지이다. 김대건 신부의 집안은 그를 포함하여 4대가 순교했다. 그의 증조부인 김진후가 1814년에, 종조부 김종한이 1816년에, 부친 김제준이 1839년에 그리고 김대건이 1846년에 순교하였다.

솔뫼가 있는 내포는 예부터 바닷물이 육지 깊숙이까지 들어와 포구를 이루어 배들이 자유롭게 드나들며 새로운 문물을 전해주던 곳이다. 내포를 비롯하여 서해안 여러 지역은 중국으로부터 서학과 천주교가 일찍이 전해졌다. 임진왜란과 병자호란 이후 내포의 선비들은 실학의 한 분파인 서학에 관심이 많았다. 그들은 서울의 실학자들과 교류하며 자연스럽게 천주교에 접하게 되었다.

김대건은 솔뫼성지가 있는 당진군 우강면 송산리에서 1821년 태어났다. 이미 그의 증조부와 종조부가 순교한 상태였기에 집안의 가세는 심하게 기울었고, 언제 또 다른 박해가 있을지 몰라 그의 조부 김택현은 김대건이 어린 시절 경기도 용인군 내사면 남곡리의 산골로 이사했다.

사실 김대건의 가문은 대대로 토지와 벼슬을 보유하고 있었다. 그의 10대조인 김희현은 아산 현감을 하였고, 9대조인 김의직은 임진왜란 당시 충청병마절도사까지 하면서 전훈을 세워 많은 토지가 있었다. 8대조인 김수완은 사헌부 감찰을 하였고 이때부터 그의 집안은 솔뫼에 거주한다.

1784년 김대건의 백조부인 김종현과 조부 김택현이 서울의 김범우의 집에서 천주교 교리를 받고 입교하였다. 이어 증조부인 김진후도 입교하면서 가문이 천주교 신앙으로 귀의, 솔뫼를 신앙의 고장으로 만들었다.

김대건은 16세 때인 1836년, 모방신부에 의해 신학생으로 뽑혀 최양업과 최방제와 더불어 마카오로 유학하여 신학을 공부한다. 그는 상해에서 페레올 주교의 집전으로 신품을 받아 우리나라 최초의 사제가 된다. 공부를 마치고 1845년에 입국하여 선교활동을 활발히 하였고, 외국 선교사 신부를 맞이하기 위해 노력하다 1846년 체포된다. 그리고 1846년 9월 16일 새남터에서 순교한다. 그가 조국에 돌아와 선교활동을 한 지 겨우 1년 1개월 만이었다. 그는 1984년 5월 6일 성인품에 올려졌다. 2005년 김대건 신부 기념관이 완공되었고, 2014년 프란치스코 교황이 솔뫼를 방문하여 아시아 청년들과의 만남을 가졌다.

1906년 합덕본당의 주임이었던 크렘프 신부는 김대건의 탄생지인 솔뫼를 성역화하기 위해 노력하였다. 인근 토지를 매입하였고 1945년 빌리버 신부는 솔뫼에 김대건 복자비를 설립하였다. 이어 1973년부터 본격적인 솔뫼 성역화 사업이 시작되어 1982년 솔뫼 피정의 집을 건립하여 솔뫼성지를 순교자 신앙의 학교로 삼았다. 2004년 김대건 생가를 복원하였고 2005년에 기념관이 완공되어 현재에 이르렀다.

김대건 생가의 옆에는 십자가의 길이 조성되어 있다. 죽은 예수님을 끌어안고 우는 마리아의 상이 가슴에 아프게 와 닿았다. 가시면류관을 쓴 채, 여기저기 창에 찔러 많은 피를 흘리고 죽은 아들을 마리아는 어떻게 받아들였을까? 그에게는 어쩌면 생명과도 같은 아들이었을 텐데.

솔뫼 성지에는 말 그대로 많은 소나무들이 우거져 있다. 성지 주위를 둘러보면 왠지 그 소나무들로 인해 더욱 경건한 마음을 갖게 되는 것 같다.

김대건 생가

6. 해미 성지

해미성지는 충청남도 서산시 해미면에 위치하고 있다. 해미는 조선 초기 충청 병마절도사영이 있었던 곳이다. 1651년 병마절도사영이 청주로 옮겨갔지만, 여전히 1,500명 정도의 군사가 주둔하던 군사적 요충지였다. 군사를 거느리던 무관 영장은 해미 현감을 겸하였다. 해미현감은 해안수비의 명목으로 국사범을 처형할 수 있는 막강한 권한이 있었다. 이로 인해 인근 천주교 신자들이 체포되면 모두 이곳으로 끌려오게 되었던 것이다. 김대건의 증조부인 김진후도 1814년 이곳에서 순교했다.

1846년 집권한 홍선대원군은 천주교를 탄압할 생각은 없었다. 하지만 청나라에서 천주교를 박해하는 정책으로 전환되었고, 이런 분위기에 편승한 당시 조정의 반대세력들의 공세가 이어지자 정권 유지를 위해 1866년 천주교 박해령을 내린다. 이것이 병인박해이다.

1866년 병인박해 당시 해미진영은 천주교도의 색출과 처벌의 임무를 맡고 있었기에 이 지역에서 붙잡힌 천주교도들은 해미읍성으로 끌려와 처형되었다. 1866년부터 1876년까지 6년의 박해기간 동안 이곳에서 처형된 천주교도만 1,000명 이상 이라고 전해진다. 전해지는 말에 의하면 처형해야 할 천주교 도가 너무 많아, 나중에는 절차를 무시하고 천주교도들을 그 냥 생매장했다고 한다.

당시 처형된 자들의 신분이 대부분 서민층이었기에 관군은 그들에 대한 심리나 기록 절차도 없이 마구잡이로 처형하였 다. 처형을 집행한 관리들은 귀찮은 나머지 조정에 보고를 누 락시키거나 기록을 남기지 않았다고 한다. 그로 인해 이름 없 는 순교자들이 더 많았을 것으로 추정된다.

박해 초기에는 해미읍성 서문 밖에서 교수형, 참수형 등으 로 한 명씩 죽었으나 시간이 갈수록 더욱 잔인한 방법으로 처형하였다. 돌다리 위에서 죄수의 몸을 들어 올린 후 메어쳐 서 머리가 깨져 죽게 하고, 철사 줄로 천주교도를 고목에 매 달아 죽이기도 하였다. 여러 명을 눕혀 놓고 돌기둥을 떨어뜨 려 한꺼번에 죽이기도 했고, 혹시 죽지 않은 사람이 있으면 횃불로 지졌다고 한다. 점점 처형해야 할 천주교인들이 많아 지자 시체 처리의 간편함을 위해 해미 진영의 서쪽 들판에 큰 구덩이를 판 후, 수십 명의 교인들을 끌고 가 살아있는 사 람들을 구덩이에 밀어 넣은 뒤 흙을 덮은 후, 구덩이에서 나 오지 못하게 하기 위해 흙 위에는 자갈로 덮었다고 한다. 유 해 발굴 당시 캐어낸 뼈들이 수직으로 서 있는 채 발견되었 고 이것이 생매장을 증명한다.

여름철에는 땅을 파야하는 관군들이 번거로움을 덜기 위해 수장을 시키기도 했던 것으로 전해진다. 개울 한가운데 죄인들을 꽁꽁 묶어 물속에 빠뜨려 죽였다고 한다. 이러한 사실은 병인박해 당시 천주교 신자들의 처형 현장을 직접 목격한 증인들의 증언에서도 나타나고 있다(한국향토문화전자대전, 자유로운 신앙을 위한 외침, 해미순교성지).

1935년 서산성당의 범바로 신부가 순교자들의 유해 중 일부를 발굴하여 박해 당시 관군에 의해 집단 학살이 있었다는 사실이 알려지게 되었다. 1995년부터 이곳을 성지로 조성하기 위해 노력하였고 2003년 완료되었다. 2014년 프란치스코 교황이 해미 성지를 직접 방문하였다. 교황이 한국을 방문했을 당시, 광화문 앞에서 순교자 124위의 시복식이 열렸는데, 해미 순교자 3명도 포함되어 있었다.

7. 수덕사

 수덕사는 충남 예산 덕산면 덕숭산에 있는 조계종 제7교구 본사이다. 수덕사는 문헌에는 없지만 백제 위덕왕 때 지명대사가 창건한 것으로 알려지고 있다. 이를 뒷받침하듯 경내에서 백제시대 와당들이 발견되기도 하였다. 고려 공민왕 때 중수하였고, 조선 고종 때 만공이 중창한 후로 선종의 근본도량이 되었다. 1984년 우리나라 4대 총림 중 덕숭총림이 되었다.

 수덕사의 대웅전은 국내에 현존하는 목조 건물 중 국보 15호인 봉정사 극락전과 국보 18호인 부석사 무량수전에 이어 오래된 건축물로서 국보 49호이며, 우리나라 목조 건축물 연구에 있어 중요한 문화재이다.

 석가모니불상을 모셔 놓은 대웅전은 고려 충렬왕 34년(1308년)에 지은 건물로 앞면 3칸, 옆면 4칸 크기이며 지붕은 옆면에서 볼 때 사람 인자 모양을 한 맞배지붕으로 꾸몄다. 맞배지붕의 안정된 모습이 이 건축물의 아름다움을 잘 보여주는 듯하다. 기둥은 배홀림기둥으로 아래에서부터 점점 굵어지다가 사람 키 정도 높이에서부터 다시 가늘어지는 형태를 취하고 있다. 건물의 기둥과 지붕을 연결하는 구조가 주심포를 취하고 있어 더욱 아름다움을 더해준다. 주심포란 기둥 사이사이 공포가 놓이는 다포 구조와 달리 기둥 윗부분에만 공포가 놓이는 형태를 말한다. 부석사의 무량수전에서와 같이 고려시대의 건물에서 찾아볼 수 있는 구조이다. 옆면에서 살펴보면 기둥이 놓이고 그 위에 대들보와 종보가 차례로 놓여 있는데 기하학적 구조가 한 편의 그림과 같아 정면에서 보는 것과는 다른 느낌이다. 앞면 3칸에는 모두 3짝 빗살문을 달았고 뒷면에는 양쪽에 창을 가운데에는 널문을 두었다.

대웅전 옆으로 백련당과 청련당이 있고, 그 앞에는 3층 석탑이 있다. 또한 1,020계단을 따라 미륵불입상, 만공탑, 금선대, 진영각이 있고 그 위에 만공이 참선도량으로 세운 정혜사가 있다. 부속 암자로 비구니들의 참선도량인 견성암이 있고 주위에 환희대, 선수암, 극락암 등이 산재해 있다.

주요 문화재로 수덕사노사불쾌불탱과 목조석가여래삼불좌상, 수덕사칠층석탑, 수덕사 소조불상좌상, 그리고 고려 공민왕의 거문고라고 하는 수덕사유물 등이 있다.

수덕사에서 전설이 전해 내려온다. 백제시대에 지어진 수덕사가 통일신라시대에 이르러 가람의 퇴락이 심해졌으나 당시 스님들은 불사금을 조달하기에 여려움을 겪고 있었다. 그러던 어느날 묘령의 여인이 찾아와 불사를 돕기 위해 공양주를 하겠다고 자청하였다. 그 여인의 미모가 빼어나 수덕각시라는 이름으로 널리 소문이 났고, 이 여인을 구경하기 위해 사방에서 온 사람들로 인산인해를 이루었다.

그중 신라의 갑부 요재상의 아들인 정혜라는 자가 청혼을 하기까지 이른다. 이 불사가 원만성취되면 청혼을 받아들이겠다고 하는 여인의 말을 듣고 이 청년은 가산을 보태 10년 걸릴 공사를 3년만에 끝내고 낙성식을 하였다.

낙성식에 참석한 이 청년이 수덕각시에게 같이 떠날 것을 권하자 옷을 갈아입을 말미를 달라고 한 여인은 옆방으로 간 뒤 기척이 없었다. 이에 청년이 방문을 열고 들어가려 하자 여인은 급히 다른 방으로 사라지려고 하였다. 그 모습에 당황한 청년이 여인을 잡으려 하는 사이 옆에 있던 바위가 갈라지며 여인은 버선 한짝만 남기고 사라지니 갑자기 사람도 방문도 없어지고 크게 틈이 벌어진 바위 하나만 나타나 있었다.

이후 그 바위가 갈라진 사이에서는 봄이면 버선모양의 버선꽃이 피어난다고 한다. 그로부터 관음보살의 현신이었던 이 여인의 이름이 수덕이었으므로 사찰 이름을 수덕사라고 부르게 되었다고 한다. 여인을 사랑한 정혜라는 청년은 삶의 무상함을 느끼고 산마루에 올라가 절을 짓고 그 이름을 정혜사라고 하였다고 한다.

수덕사 대웅전

8. 죽산성지

　경기도 안성시 죽산면에 위치하고 있는 죽산성지는 1866년 병인방해 당시 수많은 천주교 신자들이 처형되었던 곳이다. 충청도와 경기도의 길목이었던 죽산은 지리적 조건으로 인해 도호부가 설치되어 있었다. 병인박해 당시 천주교인들이 잡혀오면 이곳에서 심문과 고문을 한 후 처형하였다. 현재는 죽산면사무소로 사용되고 있다.

　병인박해가 시작되었던 1862년부터 1932년까지 약 70년 동안 이 주위에 천주교 신자 공동체가 전혀 나타나지 않았다고 한다. 이는 당시 박해의 참상과 공포가 어느 정도였는지를 잘 말해주고 있다. 당시 60세의 나이에 교수형으로 순교한 여기중은 가족 3대가 한 자리에서 처형당했다고 한다. 당시 국법으로는 아무리 중죄인이라 할지라도 부자를 한날 한시에 같은 장소에서 처형하지 않는 것이 관례였지만, 이곳 죽산에서는 부자와 부부를 동시에 처형하는 일도 비일비재했다고 전해진다.

　이곳의 원래 이름은 이진(夷陣)이었다고 한다. 고려 시대 몽고군이 쳐들어와 죽주산성을 공격하기 위해 진을 쳤던 자리였다. 오랑캐가 진을 쳤다고 하여 이진이라 불려졌다. 병인박해 당시 이곳으로 끌려오면 살아서 다시 나오지 못하니 이미 죽은 것으로 생각하고 잊어버리라 하여 '잊은터'라 불리기도 했다고 한다. 사랑하는 가족이나 친지가 한번 끌려가면 영원히 볼 수 없는 곳이었다.

죽산에는 '두들기'라는 곳도 있다. 이곳은 당시 인가가 드문 주막거리였는데 용인이나 안성에서 포졸에게 끌려가던 신자들이 이 근처 주막에서 잠시 쉬어가곤 했다고 한다. 포졸들은 줄줄이 묶어 둔 신자들을 툭하면 트집을 잡아 두들겨 패곤 했다. 잡힌 신자들을 쫓아 따라온 가족들은 두들겨 맞는 것을 보고 땅을 두드리며 원통해했다고 전해진다. 그래서 '두들기'라는 지명으로 불리기도 했던 것이다.

기록에는 당시 순교한 신자의 수가 25명이라고 하지만, 기록에 불과할 뿐 훨씬 많은 신자들이 처형되었다고 알려져 있다. 이곳은 1995년부터 천주교 순교성지로 조성되었다. 광장, 성당, 피정관, 묵상 산책로, 순교자의 묘, 돌 묵주기도의 길, 충혼탑 등이 들어서 있다.

9. 미리내 성지

미래내 성지는 경기도 안성시 양성면 미산리에 위치하고 있다. 1801년 신유박해와 1839년 기해박해 당시 경기도와 충청도에 있던 천주교 신자들이 이곳에 모여 마을을 이루고 살았다고 한다. 이곳은 김대건 신부를 모셨던 곳으로 유명하다.

이곳에 미리내라는 이름이 붙은 것은 천주교 신자들이 밝힌 호롱불빛이 밤중에 보면 은하수처럼 보였기 때문이라도 한다. 이곳에 알려지게 된 것은 우리나라 최초의 사제인 김대건 신부가 이곳에 묻히고 나서부터이다.

김대건 신부의 묘 왼쪽에는 김대건 신부에게 신품을 준 페레올 주교가 모셔져 있다. 또한 김대건 신부의 어머니도 이곳에 안장되어 있으며, 김대건 신부가 순교를 당하고 나서 그 시신을 이곳으로 가지고 온 이민식 교우의 묘소도 자리하고 있다.

그밖에도 이곳에는 이름 모를 12위의 천주교 순교자들이 모셔져 있다. 박해 당시 죽은 신자들의 신원을 알 수 없었기 때문이다.

김대건 신부는 유학을 마치고 1844년 12월 부제품을 받았고 이듬해 8월 상해에서 한국 최초의 신부로 사제 서품을 받았다. 1845년 페레올 신부와 더불어 비밀리에 입국하였고 서울과 지방을 다니며 천주교를 전파하였다. 그의 신분이 탄로나 체포되었고 1846년 순교했다. 그의 나이 26세였다.

김대건 신부는 군문효수형이 내려졌다. 군문효수란 목을 베고 군문에 목을 매달았던 형벌이다. 하지만 당시 헌종이 효수하지 않고 매장하도록 하였다고 한다.

김대건 신부가 천주교를 전파하는 것을 돕던 당시 17세였던 이민식 소년이 죽은 김 신부의 시신을 수습하여 새남터에서부터 이곳까지 200리가 넘는 길을 업고 왔다고 전해진다. 김대건 신부는 1846년 9월 16일 처형되었는데 당시 조정에서는 김대건 신부에 대한 장례를 허락하지 않았다. 그가 처형당한 지 40일이 지난 다음에야 이민식 소년이 시신을 몰래 빼내어 다른 사람의 눈을 피해 일주일 동안 등에 지고 온 것이었다. 김대건 신부가 이곳에 모셔진 것은 10월 30일이었다.

미리내는 1972년부터 성역화되어 1989년 103위 성인 기념 대성전이 완성되었다. 성당 뒤쪽으로는 십자가의 길이 있다. 이곳에는 예수님이 로마 병사에게 붙잡혀 십자가에 매달려 죽은 후 무덤에 묻히기까지의 과정이 담겨져 있는 15점의 청동 동상이 세워져 있다.

10. 마곡사

마곡사는 충남 공주시 태화산 동쪽에 위치해 있다. 삼국시대인 640년 백제 무왕 41년에 자장율사가 창건하였다고 한다. 후삼국시대에 폐사가 되었으나 고려 명종 때 보조국사 지눌이 중창하였다.

마곡사는 계류를 사이에 두고 남원과 북원으로 이루어진 독특한 구조를 지니고 있다. 북원은 주불전인 대광보전을 중심으로 이루어져 있고 마당에는 14세기에 건립된 티베트식 상륜부를 갖춘 오층석탑이 있다. 남원은 작은 마당을 중심으로 영산적과 선 수행 공간으로 구분되어 있다. 임진왜란 당시 승병의 집결지로 커다란 피해를 입었으나, 18세기에 현재의 가람 구조를 갖추게 되었다.

창건 당시에는 30여 칸의 대사찰이었는데 현재는 대웅보전, 대광보전, 영산전, 사천왕문, 해탈문 등만 남아있다. 유네스코의 세계유산에 등재되어 있다. 우리나라 산사 중 유네스코 세계유산에 등재되어 있는 것은 양산의 통도사, 영주 부석사, 안동 봉정사, 보은 법주사, 공주 마곡사, 순천 선암사, 해남 대흥사이다.

일제 강점기 시대에 백범 김구 선생이 한동안 머문적이 있었다고 한다. 당시 치하포 사건으로 수감 도중 인천에서 탈옥해 도피생활을 하던 중 이곳의 하은당이라는 스님을 은사삼아 원종이라는 법명으로 출가하였다고 한다. 하지만 수사망이 좁혀지고 승려 생활도 하은당에게 괴롭힘을 당하는 등 관계가 좋지 않아 금강산으로 떠났다고 한다.

이후 백범은 부모의 설득을 이기지 모사고 환속하였고, 후에 독립운동에 투신하게 되었고, 후에 임시정부의 주석이 된다. 백범이 1946년 마곡사를 다시 찾아 심은 향나무가 아직 남아 있다.

마곡사는 불화를 그리는 유명한 화승들을 많이 배출하여 남방화소라 불리기도 했다. 금호, 보응, 일섭으로 이어지는 화승의 계보를 가지고 있으며, 오늘날에도 화승들을 추모하는 불모다례제가 해마다 행해지고 있다.

11. 악착같이 살아야

삶은 오직 한 번뿐이고 나의 삶을 책임지고 가꿀 사람은 오직 나 자신밖에 없다. 아무리 힘들고 어려운 상황이 다가오더라도 나 자신이 포기를 하면 그것으로 끝일 뿐이다. 버티고 버티다보면 언젠가는 지금보다는 조금은 더 좋은 날이 분명히 올 것이다.

조정래의 〈동맥〉은 젊은 시절 많은 어려움으로 인해 하루 앞에 내다볼 수 없는 상황에서 어떻게든 악착같이 살아가고자 힘쓰는 이들의 이야기이다.

"무슨 병인지 알 수가 없다. 병원에 가려고 해도 돈이 없다. 돈만 보내지 말고 누나가 내려와야겠다. 길순이는 끈적끈적하고 스멀스멀한 느낌으로 다리를 감고 있는 푸르딩딩한 것도 불그죽죽한 것도 거무튀튀한 것도 아닌 탕 속의 물에 주저앉아버렸으면 싶었다. 그래서 가슴이 잠기고 목이 잠기고 끝내 머리까지 꼴깍 잠겨서 시궁창보다 더러운 물에 짓눌려 차라리 죽고 싶었다. 편지에 담긴 동생의 목소리가 자신을 답치며 울부짖고 있었다. ·병원에 가려고 해도 돈이 없다. 돈이 없다. 누나가 내려와야겠다. 땅벌 강씨 아줌나, 그 징그러운 웃음. 다시 알몸뚱이가 되는 고슴도치. 어머니의 신음소리, 동생의 다급한 목소리."

이 세상에 아무리 노력하고 애를 쓴다고 하더라도 어쩔 수 없는 것은 있다. 하지만 그것이 나의 의지만 있다면 삶 전체를 파괴하지는 못한다.

사람은 누구나 한계가 있기 마련이며, 그것으로 인해 아프고 힘들지만 그래도 버텨나가야만 하는 것이 어쩌면 우리의 운명인지도 모른다.

"길순이는 자칫 쏟아지려는 마음을 받쳐잡느라고 급급했다. 자신이 이런 궁지에 빠지게 된 것을 되씹지 않으려고 의식적으로 딴생각에 매달리려 했다. 한번 그 수렁에 빠져들기 시작하면 살을 물어뜯어도 풀리지 않을 안타까움과 서러움에 시달리다가 끝내는 뼈만 앙상하게 남은 처량한 자신을 다시 주체하게 될 뿐이었다. 어서 빨리 다 잊어버리고 싶었다. 수술과 함께 아무 일도 없었다고 거짓말을 해가며 다 잊어버리고 싶었다. 나머지 일은 수술비를 구하는 일이었다. 몸서리쳐지고 끔찍한 일이었지만 그 방법밖에 없었다."

아무리 끔찍한 일을 겪고, 아무리 힘들고 고통스러운 일이 있을지라도, 끝까지 버티고 버티는 것만이 그나마 우리에게 주어진 단 한 번뿐인 삶에 조그만 희망이라도 될 수 있을 것이다.

스스로 포기하고, 다른 것에 나의 삶을 맡겨버린다면 그 누구도 우리의 행복을 보장해주지 않는다. 삶은 어차피 나만의 것일 뿐이다. 삶에 대한 집착이 될지언정 나의 삶을 사랑하는 것만이 내가 해야 할 최선이 아닐까 싶다.

12. 삶은 침묵속으로

〈사평역에서〉

곽재구

막차는 좀처럼 오지 않았다.
대합실 밖에는 밤새 송이눈이 쌓이고
흰 보라 수수꽃 눈시린 유리창마다
톱밥 난로가 지펴지고 있었다.
그믐처럼 몇은 졸고
몇은 감기에 쿨럭이고
그리웠던 순간들을 생각하며 나는
한 줌의 톱밥을 불빛 속에 던져 주었다
내면 깊숙이 할 말들은 가득해도
청색의 손바닥을 불빛 속에 적셔 두고
모두들 아무 말도 하지 않았다.
산다는 것이 때론 술에 취한 듯
한 두름의 굴비 한 광주리의 사과를

만지작거리며 귀향하는 기분으로
침묵해야 한다는 것을
모두들 알고 있었다.
오래 앓은 기침 소리와
쓴 약 같은 입술 담배 연기 속에서
싸륵싸륵 눈꽃은 쌓이고
그래 지금은 모두들
눈꽃의 화음에 귀를 적신다.
자정 넘으면 낯설음도 뼈아픔도 다 설원인데
단풍잎 같은 몇 잎의 차창을 달고
밤 열차는 또 어디로 흘러가는지
그리웠던 순간들을 호명하며 나는
한 줌의 눈물을 불빛 속에 던져 주었다.

　살아가는 동안 수많은 일들이 일어나지만, 이제는 그 모든 것을 침묵속으로 보내려 한다. 어떤 말을 해도 별 소용이 없고, 어떤 생각을 해도 삶은 별것이 아니라는 것을 잘 알기 때문이다.

　세월과 경험이 삶에 대해 이해할 수 있게 해주었던 것 같다. 조금 더 일찍 그러한 것을 알았더라면 좋았을 것을 이리 세월이 지나 조금이나마 알게 된 것이 몹시나 아쉬울 뿐이다.

　그래도 아직은 주어진 시간이 남아 있기에 다행일 수밖에 없다. 이제도 더 이상 방황도, 회피도, 외면도, 미련이나 집착도, 어수룩함도 떨쳐버리고 진정으로 나의 삶을 살아갈 수 있기를 희망하고 싶다.

　삶은 그래도 살아볼 만한 가치가 있고, 의미가 있음을 나의 일상에서 보여주고 싶다. 더 이상은 부끄럽지 않은 모습으로, 모든 것을 받아들이고, 나 자신은 내려놓는 것으로 소중한 나머지 시간을 채워가고 싶을 뿐이다.

13. 구원의 여상

〈구원의 여상〉

피천득

여기 나의 한 여상이 있습니다
그의 눈은 하늘같이 맑습니다
때로는 흐리기도 안개가 어리기도 합니다
그는 싱싱하면서도 애련합니다
명랑하면서도 어딘가 애수를 깃들이고 있습니다
원숙하면서도 앳된 데를 지니고,
지성과 함께 어수룩한 데가 있습니다
걸음걸이는 가벼우나 빨리 걷는 편은 아닙니다
성급하면서도 기다릴 줄을 알고 자존심이 강하면서
수줍어할 때가 있고,
양보를 아니 하다가도 밑질 줄을 압니다

그는 아름다우나

그 아름다움은 사람을 매혹하게 하지 아니하는
푸른 나무와 같습니다
옷은 늘 단정히 입고 외투를 어깨에 걸치는 버릇이 있습니다
화려한 것을 좋아하나 가난을 무서워하지 아니합니다
그는 파이어플레이스에 통장작을 못피울 경우에는
질화로에 숯불을 피워 놓습니다
차를 끓일 줄 알며, 향취를 감별할 줄 알며,
찻잔을 윤이나게 닦을 줄 알며
이빠진 접시를 버릴 줄 압니다

그는 한 사람하고 인사를 하면서
다른 사람을 바라다 보는 일이 없습니다
그는 지위, 재산, 명성같은 조건에 현혹되어 사람의
가치평가를 하지 아니합니다
그는 예외적인 인사를 하기도 하지만
마음에 없는 말은 아니합니다
아첨이라는 것은 있을 수 없습니다
그는 사치하는 일은 있어도 낭비는 절대로 아니합니다
돈의 가치를 명심하면서도 인색하지 아니합니다
돈에 인색하지 않고 시간에 인색합니다
그는 회합이나 남의 초대에 가는 일이 드뭅니다
그에게는 한가한 시간이 많습니다
미술을 업으로 하는 그는
쉬는 시간에는 책을 읽고 음악을 듣고 오래오래

산책을 합니다
그의 그림은 색채가 밝고 맑고
화폭에 넓은 여백의 의미가 있습니다

그는 사랑이 가장 귀한 것이나
인생의 전부라고는 생각지 아니합니다
그는 마음의 허공을 그대로 둘지언정
아무것으로나 채우지 아니합니다
그는 자기가 사랑하지 않는 사람으로 하여금
자기를 사랑하게 하는
매력을 가지고 있습니다
그러나 받아서는 아니 될 남의 호의를
정중하고 부드럽게 거절할 줄 압니다

그는 과거의 인연을 소홀히 하지 아니합니다
자기 생애의 일부분인 까닭입니다
그는 예전 애인을 웃는 낯으로 만날 수 있습니다
그는 몇몇 사람을 끔찍이 아낍니다
그러나 아무도 섬기지 아니합니다
그는 남의 잘못을 이해하며, 아무도 미워하지 아니합니다
그는 정직합니다
정직은 인간에 있어서 가장 큰 매력입니다

그는 자기의 힘이 닿지 않는 광막한 세계가 있다는 것을

알고 있습니다
그에게는 울고 싶을 때 울 수 있는 눈물이 있습니다
그의 가슴에는 고갈하지 않는 윤기가 있습니다
그에게는 유머가 있고, 재치있게 말을 받아 넘기기도 하고
남의 약점을 찌르기도 합니다
그러나 그런 때는 매우 드뭅니다
그는 한시간 내내 말 한마디 아니하는 때가 있습니다
이런 때라도 같이 있는 사람으로 하여금 그 시간을 헛되이
보내지는 않았다는 기쁨을 갖게 합니다

성실한 가슴
거기에다 한 남성이 머리를 눕히고 살 힘을 얻을 수 있고,
거기에서 평화롭게 죽을 힘을 얻을 수 있는
그런 가슴을 가지고 있습니다
그는 신의 존재,
영혼의 존엄성,
진리의 미,
사랑과 기도,
이런 것들을 믿으려고 안타깝게 애쓰는
여인입니다

　이상을 꿈꾸지 않는 사람은 없다. 그 이상이 사람에 대한
것도 예외는 아니다. 누구나 자신의 가장 이상적인 사람과 아

름다운 사랑을 꿈꾼다. 그렇게만 될 수 있다면 아마도 더 바랄 것은 없을 것이다. 하지만 그것은 결코 쉬운 일은 아니다. 삶이 그렇게 만만하지 않기 때문이다.

운명이 우리의 삶을 비껴가듯이 이상적인 사랑 또한 비껴가기도 한다. 그로 인해 우리의 인생에 커다란 자리가 비어 있기도 한다. 언젠간 만나리라 생각하지만, 꼭 그렇게 되지도 않는다.

바라는 것이 온전히 이루어지는 인생이라면 얼마나 좋을까? 자신이 원하는 지극한 사랑을 할 수 있다면 얼마나 좋을까? 하지만 우리의 인생은 우리가 바라거나 원하는 대로 되지 않듯, 사랑 또한 그럴 수 있다.

온전히 이루어지기 쉽지 않기에 그것을 바라고 그리워하고 소원하는 것일까? 그저 거기에 있다는 것만으로도 만족해야하는 것일까? 현실을 알면서도 포기하지 못하는 이유는 무엇 때문일까?

어쩌면 마음속에 그러한 사랑을 바라는 것으로 끝이 날지는 모르나 그 온전한 사랑을 영원히 간직하고 싶은 마음은 변하지 않을 것만 같다.

14. 알 수 없는 일들

우리는 살아가다 보면 알 수 없고 믿을 수 없는 일들이 수시로 일어나곤 한다. 가까웠던 사람이 전혀 예상하지 못한 상태로 변하기도 하고, 믿었던 사람한테 배신을 당하기도 한다.

윤후명의 〈호궁〉은 순수하고 믿을 수 있었던 사람으로부터 전혀 예상하지 못한 일을 경험하고 인생이란 알 수 없는 일들로 가득하다는 이야기이다.

"그녀 어머니는 남편을 잃고, 또 한 남자를 잃었다. 예전에 어떤 여자는 자신과 사귀는 남자마다 다 불행하게 된다고, 검은 운명의 마수에 사로잡힌 삶을 한탄하며 어두운 운명론자가 되어 있기도 했었다. 실례로 여자와 사귀는 남자는 우습게 죽거나 병들었다. 우연이라고 하더라도 가혹한 일이었다. 그 여자는 자신에게 지펴졌다고 믿는 마성을 저주하며 사람을 피했다."

사랑했던 사람이 갑자기 떠나갈 줄을 어떻게 알 수 있을까? 그 사람이 죽은 것이 주인공의 잘못이나 책임도 아닌데 인생은 어찌하여 삶을 왜곡하고 기괴하게 만드는 것일까? 우리의 의지와 노력으로는 한계가 있고, 아무리 애를 쓴다고 하더라도 삶이 계획된 대로 되지 않는 것이 인생이라는 생각이 든다.

"오래 살고자 하는 게 우리들 한 번 태어난 사람들의 공통된 욕심으로 되어 있는데, 그러나 오래 살면 살수록 결국 괴롭고 쓰라린 고통을 그만큼 많이 맛본다는 데 지나지 않는 게 아닐까. 이 세상에서 별리의 고통보다 더한 고통이 있겠는가. 몇만 리를 달려가도, 하늘 구석을 다 뒤져도 다시는 그를 만날 수 없다고 할 때의 애절함보다 더한 고통이 있겠는가."

살아가면서 느끼게 되는 고통은 계속될 뿐이다. 힘들고 어려운 일들은 수시로 일어나고 있다. 삶은 원래 고통과 괴로움, 아픔과 힘든 것으로 가득한 것일까? 어쩌면 삶이 그런 것이라 하여 온전히 모든 것을 받아들이고 나 자신을 내려놓는 것이 더욱 현명할지도 모른다.

"그러나 나는 조금도 안타까와하지 않았다. 오히려 내게도 때묻지 않은 영혼이 온전히 내것으로 있다는 사실을 깨달은 잔잔한 기쁨만이 있었다. 그 모든 일이 그녀와 아무런 상관이 없는 일이라고 해도 그만이었다. 그녀가 자신도 모르게 한 영매로서 내 영혼에 작용하지 않았다고 누가 장담할 수 있겠는가. 나는 그녀가 내 허랑방탕한 마음을 바로잡아 주기 위해 어디선가 사명을 받고 나타난 여자이기나 한 것처럼 그녀를 고이 받들어주어야 된다고 여겼다."

그래도 우리의 인생의 한 부분은 아직 순수한 모습으로 남아 있는 것도 있다. 세상을 살면서 때가 묻어도 아직은 지켜야 하는 그런 부분은 존재한다. 삶의 진정한 가치는 어떤 일들이 일어나도 그러한 것을 소중히 지켜나가는 것이 아닐까 싶다.

"모든 것이 알 수 없는 믿을 수 없는 일이었다. 김의 제의에 따라 우리는 술잔을 들었다. 나는 종잡을 수 없는 가운데 불쾌한 내색을 하지 않으려고 안간힘을 쓰지 않으면 안되었다. 나는 눈가에 경련이 이는 것을 느꼈다. 그와 함께 내가 확연히 깨달을 수 있었던 한 가지 사실은 그녀는 내게서 영원히 사라져버렸다고 하는 것이었다."

어차피 삶은 알 수 없는 일, 믿을 수 없는 일들로 가득하다. 그러한 일들을 만났다고 하여 마음 상할 것도, 가슴 아파할 필요도 없다. 모든 것은 흘러 지나가고, 오는 인연이 있으면, 가는 인연이 있기 마련이다. 그러한 것들을 그냥 있는 그대로 받아들이는 것이 차라리 온전한 삶을 살아가는 데 있어서 더 현명한 선택이 아닐까 싶다.

15. 되찾을 수 없는 시간

삶에는 어떠한 일이 생길지 알 수가 없다. 별일 없을 것 같은 인생일 듯하지만 우리는 살아가면서 전혀 예상치 못한 일, 원하거나 바라지 않는 일들로 인해 우리의 삶이 돌이킬 수 없는 곳으로 가기도 한다.

오정희의 〈순례자의 노래〉는 삶의 어느 한순간에서 소중한 많은 것들을 잃어버리고 다시는 예전으로 돌아갈 수 없음을 이야기하고 있다.

"그녀는 미친 듯 그들이 남긴 흔적을 찾아 집안을 뒤졌다. 그것은 마치 그녀가 떠나 있던 시간들을 지우려는 노력과 같았다. 벽에 붙인 스티커, 빗살에 낀 검고 윤기나는 긴 머리칼, 한귀퉁이에 수놓은 손수건 따위 흔적은 어디서나 발견되었지만, 그것은 오히려 그녀와 그들 간에 놓인 엄청난 공백을 강하게, 생생하게 인식시켰고 그들은 이제 돌아오지 않는다는 것, 되찾을 수 없는 시간들임을 상기시켰을 뿐이었다. 어쩌면 더 깊은 사랑으로 굳게 맺어질 수 있지 않았을까. 서로의 가슴 밑바닥에 단단히 도사린 수치심과 두려움을 숨길 수 없을지라도, 한바탕 집안을 휘젓고 난 뒷면 그녀는 무릎을 싸안고 소리죽여 흐느껴 울었다."

　편안하고 안정된 삶을 바라지 않는 사람이 있을까? 아무 일 없이 평범하게 살고 싶다고 해도, 우리의 삶은 그다지 순탄하게 흘러가지는 않는다. 물론 자신으로 인해 그러한 일들이 일어나기도 하지만, 그 외에 다른 것들로 인해 수많은 일들이 일어난다. 나의 한계를 뛰어넘는 일들, 별것 아니라 생각했던 일이 나비효과가 되어 엄청난 일로 되어버리기도 한다.

　"모르고 계셨군요. 모르긴 해도 그 친구가 아주머니에게 알리지 않은 건 행여 아주머니의 상처를 건드릴지도 모른다는 배려였을 겁니다. 아니 괜찮아요. 저는 지나가는 길에 그저 들른 것뿐이에요. 그이는 저더러 의논할 일이 있으면 언제든지 찾아오라고 말했었거든요. 옷 속으로 줄곧 흐르는 땀과 후텁지근하고 더러운 공기에 질식할 것만 같다는 생각을 하며 그녀는 멍청히 말했다. 가야겠어요. 그녀는 무겁게 몸을 일으켰다."

　이제는 아무리 노력한다고 해도 예전으로 돌아가지는 못한다. 흘러간 강물이 다시 돌아오지 않는 것처럼, 우리의 인생에서 지나간 것은 끝일 뿐이다. 마음 아프고, 아쉽고, 미련이 남지만 어찌할 수 없는 것이 인생이다.

　"몸의 곳곳에서 꽃처럼 피어나는 취기에 흔들리며 혜자는 걸었다. 무너진 돌틈에 숨은 언젠가 맺은 비밀의 약속, 사랑의 맹세를 찾듯 한 손으로 돌담을 쓸며 똑바로 앞을 보고 걸었다. 모두들 잊었다고, 어쩔 도리가 없지 않았느냐고 누군가 그녀의 귓전에서 웅웅 속삭였다. 그녀가 달아오른 전기 인두를 들이대지 않았다 하더라도 결과는 지금보다 결코 나을 것이 없을 것이라고 속삭였다. 돌담길, 꿈에는 그리도 익숙하게 자주 가는 길, 길이 끝나는 곳에는 꿈 깨인 쓸쓸한 현실이 있을 뿐이라고 어렴풋이 생각하면서도 혜자는 꽃처럼 피어나는 취기가 영원히 그 길을 이어주리라는 기대로 더 깊은 어둠을 향해 한 걸음씩 옮겨놓았다."

홀러간 인생은 어찌할 수가 없다. 지나간 것은 이미 끝나버렸다. 아무리 애쓴다 하더라도 그 시절로 돌아갈 수는 없다. 이제는 모든 것을 잊고 다시 시작해야만 한다. 어쩌면 그것이 과거에 대한 미련을 갖는 것보다 인생을 사랑하는 길일지도 모르기 때문이다.

16. 아버지가 있는 곳

살아가면서 누군가를 무척이나 기다리기도 한다. 하지만 그 사람은 오지 않고 그리움만 더해간다. 오지 않을 것을 알면서도 그리운 것은 무슨 까닭일까? 기다림을 왜 포기하지 못하는 것일까? 그것은 아마도 그 사람을 진정으로 사랑하기 때문이 아닐까? 임철우의 〈아버지의 땅〉은 전쟁으로 인해 소식이 끊긴 아버지에 대한 이야기이다.

"누군가가 손가락질을 하며 말했다. 앙상하게 드러난 갈비뼈를 몇겹이나 되는 철사줄이 감겨져 있는 것이었다. 흔히들 피선이라고 부르는 아직도 군용 유전전화선으로 쓰이고 있는 바로 그 전선이었다. 그것은 두 팔과 손목뼈까지도 치밀하게 결박해놓고 있었다. 시신이 누워 있던 자리의 흙은 유난히도 검붉은 찰흙빛이었다. 한순간, 구덩이 옆에서 줄곧 지켜보던 나는 저도 몰래 삽자루를 놓고 말았다. 삽은 미끄러지며 구덩이 속으로 곤두박칠쳐 떨어지고 있었다. 모를 일이었다. 몇겹으로 뭉쳐진 채 결박해놓고 있는 그 검고 가느다란 철사줄을 바라보던 순간, 나는 불현 듯 어머니의 주름진 얼굴을 보았던 것이었다. 저걸 좀 보라이. 새들도 때가 되면 고향으로 돌아올 줄을 아는 법이여. 담장 모서리에 비스듬히 몸을 기대어

서서 하늘을 쳐다보며 어머니는 그렇게 중얼거리고 있었다."

아버지는 아마도 휴전선 어느 부근에 묻혀 있는지도 모른다. 그곳에서 아들은 이제 성장하여 군복무를 하고 있고, 우연히 전쟁 당시 유해 발굴 작업에 나서게 되었다. 그가 발견한 유해 중에는 아마 아버지의 것이 있을지도 모른다.

아버지에 대한 생사조차 확인이 되지 않아, 어머니는 그 오랜 세월을 오직 아버지가 오기만을 기다리고 있을 뿐이었다. 이제는 더 이상 아버지가 올 가능성이 거의 없는데도 불구하고 어머니는 속절없이 아버지가 언젠가는 돌아오리라 믿고만 있었다.

"그러던 어느 때인가. 끼룩끼룩 이상한 울음소리를 남기며 우리 마을을 지나쳐가는 철새의 무리를 바라보면서 어머니는 어쩌면 누군가를 기다리고 있는 것인지도 모른다는 생각을 나는 하기 시작했다. 그러고 보니 단지 그것뿐만은 아니었다. 한여름 여름 땡볕 속에 쭈그리고 앉아 비탈진 밭고랑을 호미질해 나가다가도 이따금 고개를 들어 동구 밖으로 뻗어나간 고갯길을 하염없이 멍한 눈으로 바라다보기도 하고, 빨래를 줄에 널거나 마당 귀퉁이에서 푸성귀를 다듬고 있다가도 까박 넋을 놓아버린 사람처럼 허공으로 시선을 물빛으로 풀어던지며 문득 긴 한숨을 내쉬기도 한다는 사실을 나는 새로이 알아냈던 것이었다. 그때가 아마 열 두서너 살이었으리라. 그때서야 비로소 나는 우리집엔 어머니와 나 둘뿐이라는 사실을 처음으로 확실한 의문점으로서 여기기 시작했던 것 같다."

아버지가 돌아오지 않은 그 한많은 세월을 어머니는 어떻게 견디어냈던 것일까? 세월이 흘러 객관적인 상황으로 보건대, 아버지는 분명 돌아올 가능성이 없는데도 어머니는 아버지를 왜 포기하지 못하는 것일까?

사랑은 기다림이고 그리움이다. 세월이 지나도 변하지 않는 그런 마음이 진정한 사랑이다. 어떠한 상황에서도 포기하지 않는 것이 진실한 사랑이다. 어머니가 아버지에 대한 희망을 버리지 못하는 것은 그만큼 사랑이 깊었기 때문이었다.

"아아. 아버지는 지금 어디에 쓰러져 누워 있을 것인가. 해마다 머리맡에 무성한 쑥부쟁이와 엉겅퀴꽃을 지천으로 피워내며 이제 아버지는 어느 버려진 밭고랑, 어느 응달진 산기슭에서 무덤도 묘비도 없이 홀로 잠들어 있을 것인가"

아버지는 어디에 묻혀있는 것일까? 아버지가 묻힌 땅에도 다른 곳과 마찬가지로 꽃이 피고 풀이 무성할 터인데, 그곳은 대체 어디란 말인가? 아버지가 묻힌 땅에라도 가볼 수 있다면 좋으련만 그것도 불가능한 것일까?

"나는 까맣게 잊고 있었던 것이다. 어머니가 그토록 오랫동안 누군가를 기다려 왔었음을. 내 유년시절의 퇴락한 고가 마루밑, 그 깜깜한 어둠속에서 음습하고 불길한 냄새와 함께 나를 쏘아보고 있던 한 사내의 눈빛을, 그리고 청년이 된 지금까지도 가슴을 새까맣게 그을려놓으며 깊숙한 상흔으로만 찍혀져 있을 뿐인 그 증오스런 사내의 이름을, 어머니는 스물다섯 해가 넘도록 혼자서 몰래 불씨처럼 가슴속에 키워오고 있었던 것이다. 어머니한테 그 사내는 다른 아무것도 아니었다. 다만 곱고 자상한 눈매로써만, 나직한 음성으로써만 늘 곁에 남아 있었던 것이다."

아무리 세월이 흘러도 어머니의 곁에는 아버지가 남아 있었다. 돌아오지 않는 아버지를 어머니는 그렇게 평생토록 옆에 두고 살아오셨다. 진정한 사랑은 변하지 않은 채 오래도록 그리워하며 기다리는 것이 아닐까 싶다.

17. 영원히 쉬지 못하고

　우리는 삶이라는 길을 걸어가는 나그네일지도 모른다. 우리는 인생의 길을 걸으면서 언제쯤 모든 것에서 자유로울 수 있을까? 그 길에서 끊임없이 일어나는 일들로 인해 어디를 가나 쉴 수 없는 것이 나그네의 운명인 것일까?

　이제하의 〈나그네는 길에서도 쉬지 않는다〉는 우리의 삶에서 일어나는 많은 일들로 인해 영원히 쉬지 못하는 것이 삶 자체라는 것을 이야기하고 있다.

　"무슨 일 당할지 어떻게 알아요? 기신을 못하면서도 욕심 때문에 온갖 방법으로 괴로워하는 사람들 병원서 저 너무 많이 겪었어요. 사장은 이 기회에 해고를 시키려구 빌미를 찾고 있었던 거구. 아까 그 상무녀석이 좀 봐달라구 자꾸만 그러더군요, 딴 병원 얼마든지 있지 않느냐면서."

　최선을 다해 살아가고자 하나 그 최선이 아무 의미도 없이 끝나게 될지도 모른다. 삶은 결코 내가 노력한 대로 그 결과가 나오는 것도 아니다. 알 수 없는 것들이, 전혀 예상하지 않은 일들이 우리의 삶에서 불쑥불쑥 튀어나온다. 평범한 삶을 살아가고자 해도 그러한 일들로 인해 우리의 삶이 우리를 너무나 지치게 만들기도 한다. 쉬고 싶어도 쉴 수 없는 길을 걷는 것이 우리의 인생인 것일까?

"여자의 몸이 허무하게 무너져 왔다. 그는 얼결에 여자를 받아 안았으나, 내장바닥으로 갈앉아 가는 신음소리 때문에 커다랗게 눈을 뜨고 있었다. 길에서 이러면 이 여자도 죽어. 어떻게 그 방에서 빠져나왔는지 알 수가 없다. 그가 등을 쓸기 시작하자 여자는 곧 울음을 그쳤고, 울음 사이사이 '혼자서 더 이상 못 버티겠어...' 뭐라고 중얼거리던 여자의 말이 흐릿하게 기억에 남아 있다. 여자의 볼에 자신의 볼을 수없이 부벼댄 건 사실이었으나, 낼 아침 데리러 오리다... 라고 했는지, 같이 서울 가겠소? 라고 물었는지도 확실치 않다. 골목 밖으로 나오자 그 경황 중에도 방에서 갖고 나왔는지 맥주병 하나가 손에 들려 있었다."

가지고 있는 모든 것으로 버티려 해도 한계가 있는 것이 나그네의 삶인 것일까? 더 이상 힘들게 걷지 말고 온전히 쉴 수 있는 나의 집은 언제쯤 나타날까? 누군가 도와주는 사람 하나 없이 혼자서 끝까지 걸어가는 것이 인생이라는 나그네의 운명일지도 모른다. 차라리 그것을 받아들이고 삶은 그 어떤 일이라도 일어나는 것이라 생각하는 것이 현명한 나그네의 선택이 아닐까 싶다.

70

18. 그런 날도 있다

〈나의 마음 우울해지면〉

하이네

나의 마음 우울해지면, 애타게
지난날을 생각한다.
그때 세상은 그래도 다사로웠고,
사람들은 한가롭게 살아갔었지.

하나 이제 모든 것을 뒤바뀌어,
이곳에는 혼잡! 저곳에는 궁핍!
천상에서는 하느님이 돌아가셨고,
지상에서는 악마가 거꾸러졌다.

하여 모든 것을 참을 수 없이 음울하고,
헝클어지고 썩어 문드러지고 차갑게만 보인다.
이제 한 조각 사랑마저 없다면,

어디에 발붙일 곳이 있으랴

    살아가다보면 복잡하고 힘든 일들이 우리의 일상을 무겁게 내리 누른다. 나의 힘으로는 어찌할 수 없는 일들로 인해 미소를 잃고 매일을 살아가기도 한다. 그러한 매일이 반복되고, 그 반복이 언제 끝날지 알 수도 없다.

    사랑했던 사람이 떠나가고, 소중한 가족들과 헤어지기도 하며, 친했던 친구와 영원히 만나지 못하기도 한다. 하는 일들이 제대로 되지도 않고, 힘겹고 고통스러운 일들이 순간순간 불청객처럼 나를 찾아온다.

    세상이 제대로 돌아가는 것 같지도 않고, 어디를 둘러보나 온통 많은 문제로 가득할 뿐이다. 옳은 일보다는 옳지 않은 일들로 가득하고, 따뜻함보다는 차가움이 주위를 감싸고 있다.

    힘든 날이 계속될 때는 좋았던 날을 기억해보는 것은 어떨까? 우리에게는 기쁘고 즐거웠던 날들이 있었고, 행복하고 가슴이 벅찼던 날들도 있었다.

    비가 오는 날도 있지만, 따스한 햇살이 있는 날도 있기 마련이다. 추운 날이 있기도 하지만, 봄날처럼 따뜻한 날도 반드시 있다. 마음이 우울한 날도 있지만, 날아갈 듯 기분 좋은 날도 분명히 있다.

    힘들고 어려운 오늘이 언젠가는 끝날 것이다. 그날이 오면 오늘의 힘들었던 것은 그저 추억에 불과할 뿐이다.

19. 높이 날았기에 추락하는 것일까

〈추락하는 것은 날개가 있다〉

잉게보르크 바흐만

사랑하는 나의 오빠, 언제 우리는 뗏목을 만들어
하늘을 따라 내려갈 수 있을까요?
사랑하는 나의 오빠, 곧 우리의 짐이 너무 커져서
우리는 침몰하고 말 거예요.

사랑하는 나의 오빠, 우리 종이 위에다
수많은 나라와 수많은 철로를 그려요.
조심하세요, 여기 검은 선들 앞에서
연필심과 함께 훌쩍 날아가지 않게요.

사랑하는 나의 오빠, 만약 그러면 나는
말뚝에 묶인 채 마구 소리를 지를 거예요.

하지만 오빠는 어느새 말에 올라 죽음의 계곡을 빠져나와,
우리 둘은 함께 도망치고 있군요.

집시들의 숙영지에서, 황야의 천막에서 깨어 있어야 해요,
우리의 머리카락에서 모래가 흘러내리는군요.
오빠와 나의 나이 그리고 세계의 나이는
해로 헤아릴 수 있는 게 아니랍니다.

교활한 까마귀나 끈끈한 거미의 손
그리고 덤불 속의 깃털에 속아 넘어가지 마세요.
또 게으름뱅이 나라에서는 먹고 마시지 마세요.
그곳의 냄비와 항아리에선 거짓 거품이 일거든요.

홍옥요정을 위한 황금다리에 이르러
그 말을 알고 있던 자만이 승리를 거두었지요.
오빠한테 말해야겠어요. 그 말은 지난번 눈과 함께
정원에서 녹아서 사라져버렸다고 말이에요.

많고 많은 돌들 때문에 우리 발에 이렇게 상처가 났어요.
발 하나가 나으면, 우리는 그 발로 펄쩍 뛸 거예요.
아이들의 왕은 그의 왕국에 이르는 열쇠를 입에 물고
우리를 마중하고, 우리는 이런 노래를 부를 거예요

지금은 대추야자씨가 싹트는 아름다운 시절

추락하는 이들마다 날개가 달렸네요.
가난한 이들의 수의에 장식단을 달아준 것은 빨간 골무,
그리고 오빠의 떡잎이 나의 봉인 위로 떨어지네요.

우리는 자러 가야 해요, 사랑하는 이여, 놀이는 끝났어요.
발꿈치를 들고 하얀 잠옷들이 부풀어 오르네요.
아버지 어머니가 그러는데요, 우리가 숨결을 나누면,
이 집안에서는 유령이 나온대요.

    우리에게는 꿈이 있다. 그 꿈을 위해 날개를 펼치고 싶어한
다. 꿈이 실현될 날을 기다리며, 언제라도 날개가 돋기를 기
다리며, 그렇게 세월을 보내고 사랑을 한다.

    기다리고 기다리다 날 수 있는 날이 다가온다. 이제는 꿈이
이루어질 때가 된 것이다. 돋아오른 날개를 가지고 힘껏 날갯
짓을 한다. 믿기지 않는 듯 나의 몸이 하늘 위로 날아오른다.
사랑의 힘으로, 사랑의 믿음으로.

    날아가는 동안 더 이상 바랄 것이 없었다. 꿈에 그리던 그
꿈을 이루었으니 무엇이 더 필요할까? 삶의 기쁨과 환희, 가
슴벅찬 순간들로 그 시간들이 채워진다.

    하지만 영원히 날아갈 수 있는 것은 없다. 날개가 언젠가는
힘이 빠져 더 이상 날 수 없는 날이 온다. 그날이 언제가 될
지는 아무도 모른다.

    오래도록 날 수 있기를 소원하지만, 꿈꾸었던 날들이 영원

히 계속되기를 바라지만, 그러한 것들이 끝나는 날은 오기 마련이다. 그리고 더 이상 날지 못하고 추락하는 날이 어느새 다가오고 만다.

그래도 날았던 것에 만족해도 되지 않을까? 날아오르지 못했다면 추락하지 않았을 테니. 모든 것은 그렇게 오고 그렇게 가는 것이니.

20. 모든 인연은 끝이 있기 마련이다

지금 있을 때 사랑하는 것이 옳다. 이유가 어떻든 떠난 사람은 돌아오지 않는다. 모든 인연은 스쳐 지나가기 마련이다. 어떤 인연이든 끝이 나면 그만이다. 그 끝이 언제가 될지를 모를 뿐이다.

흐르고 지나가 버린 물은 다시 그 자리로 돌아오지 않는다. 아무리 돌이키려고 해도, 흘러 지나간 그 자리로 다시 오지 않는다.

지나가 버린 인연을 아무리 그리워한다고 하더라도 그 사람은 그것을 알지 못한다. 단지 흐릿해져 가는 기억의 편린 속에 묻혀 나 혼자 그리워할 뿐이다.

오래 계속될 것 같은 인연도 어느날 갑자기 끝이 날 수도 있고, 힘들었던 인연도 지나고 나면 기억나기 마련이다. 하지만 그렇게 스쳐 지나간 것은 이미 끝나 버린다. 내가 아무리 원한다 하더라도 떠나간 인연은 돌아오지 않는다.

"난 내가 검은 액자 속의 사진 따위로 기억되는 게 싫단 말이야. 내가 죽은 걸 아무도 모르면 좋겠어. 그냥 어디쯤 있겠거니, 연락이 어쩌다 끊긴 것이려니 하고 다들 생각해주면 좋겠어. 언젠가 다시 만날 수도 있으려니 하고 말이야. 내가 숨쉬고 말하고 노래하고 퍼덕퍼덕 움직이고 있을 모습을 상상해주면 좋겠어. (한강, 검은 사슴)"

바라는 것이 있다면 그저 아름다웠던 순간만 기억되기를 바랄 뿐이다. 부끄럽고 감추고 싶었던 것은 영원히 기억되지 않기를 소원하고 싶다. 만약 그렇지 못하다면 차라리 존재 그 자체를 잊어주었으면 좋을 듯싶다. 그것이 오히려 더 나을지 모르기 때문이다.

"그녀는 돌아오지 않는다. 장은 생각했다. 이제 영원히 돌아오지 않는다. 그렇다면 왜 황곡에 계신 거죠? 사진을 찍지 않는다고 말하자 인영은 장에게 그렇게 물었었다. 탄광 사진을 찍으려고 황곡에 오신 게 아니었나요? 인영의 얼음장 같은 목소리가 장의 가슴을 때렸다. 다 끝났다. 그가 기다렸던 것은 돌아오지 않는다. (한강, 검은 사슴)"

지금 나와 함께 있는 사람도 언젠가 영원히 돌아오지 않는 날이 있다. 아무리 기다려도, 아무리 그리워해도, 그 사람의 얼굴을 다시 볼 수도 없고, 그 목소리를 다시 들을 수도 없다.

아무리 소원을 하고, 아무리 바라더라도, 그러한 나의 마음을 알지 못한다. 이미 떠나가 버렸기 때문이다. 그리움이란 단지 나 자신을 위한 것일 뿐이다.

떠나간 이를 위해 내가 할 수 있는 것은 아무것도 없다. 그렇게 모든 것은 끝나고 만다. 아무리 소중한 인연도 끝이 나면 아무것도 남아있지 않는다. 지금 사랑해야 하는 것이 옳은 이유는 이것만으로도 충분하다.

21. 세월의 길

〈길〉

김기림

나의 소년시절은 은빛 바다가 엿보이는 그 긴 언덕길을
어머니의 상여와 함께 꼬부라져 돌아갔다.

내 첫사랑도 그 길 위에서 조약돌처럼 집었다가
조약돌처럼 잊어버렸다.

그래서 나는 푸른 하늘 빛에 호져 때없이 그 길을
넘어 강가로 내려갔다가도 노을에 함북 자주빛으로
젖어서 돌아오곤 했다.

그 강가에는 봄이, 여름이, 가을이, 겨울이 나의
나이와 함께 여러 번 댕겨갔다. 가마귀도 날아가고
두루미도 떠나간 다음에는 누런 모래둔과 그러고 어두운

내 마음이 남아서 몸서리쳤다. 그런 날은 항용 감기를
만나서 돌아와 앓았다.

할아버지도 언제 난지를 모른다는 동구 밖 그 늙은
버드나무 밑에서 나는 지금도 돌아오지 않는 어머니,
돌아오지 않는 계집애, 돌아오지 않는 이야기가 돌아올
것만 같애 멍하니 기다려 본다. 그러면 어느새 어둠이
기어와서 내 뺨의 얼룩을 씻어 준다.

    살아가면서 우리는 얼마나 많은 길을 걸어가야 하는 것일
까? 어릴 적 아무것도 몰랐던 시절에도 그 길 위에서도 조약
돌을 집어 들었고, 소중했던 사람이 떠나가는 길을 배웅하기
도 했다.
    그 길을 걸으며 사계절이 다 지나가 버렸고, 많은 인연들을
만나 마음을 나누기도 했다. 그 길에서 아프기도 하고, 상처
받기도 하며, 절망하기도 했다. 그래도 희망을 안고 허위허위
그 길을 달려온 것이 아닐까?
    무언가를 얻을 수 있을지 알지 못한 채, 어떤 것을 잃을지
알지 못한 채, 주어진 그 길을 나름대로 최선을 다해 걸어왔
건만, 우리에게 남겨진 것들은 무엇이 있는 것일까?
    그래도 사랑하는 사람, 소중한 인연들, 아름다웠던 시간, 잊
을 수 없는 추억이 있었기에 최선을 다해 걸어온 그 길은 부
끄럽지 않을 것이다.

22. 비 오는 날, 따스한 날

⟨비 오는 날⟩

롱펠로우

날은 어둡고 쓸쓸하다
비 내리고 바람은 쉬지도 않고
넝쿨은 아직 무너져 가는 벽에
떨어지지 않으려고 붙어 있건만
모진 바람 불 때마다 죽은 잎새 떨어지며
날은 어둡고 쓸쓸하다

내 인생 춥고 어둡고 쓸쓸하다
비 내리고 쉬지도 않고
내 생각 아직 무너지는 옛날을
놓지 아니하려고 부둥키건만
지붕 속에서 청춘의 희망은 우수수 떨어지고
나날은 어둡고 쓸쓸하다

조용하거라. 슬픈 마음들이여!
그리고 한탄일랑 말지어다
구름 뒤에 태양은 아직 비치고
그대의 운명은 뭇사람의 운명이니
누구에게나 반드시 얼마간의 비는 내리고
어둡고 쓸쓸한 날 있는 법이니

살아가다 보면 비 오는 날도 있기 마련입니다. 매일 맑고 따스한 날만 계속되는 일은 결코 있을 수 없습니다.

삶이 내가 원하는 일들로만 가득하다면 인생은 더 이상 바랄 것이 없을 것입니다. 하지만 그러한 삶은 그 누구에게도 주어지지 않습니다. 내가 원하지 않는 일이 나에게 일어나고, 내가 바라는 일들이 무참히 사라져버리기도 합니다.

진정으로 원했던 것들이 나에게 주어지지 않더라도 받아들일 수밖에 없는 것이 인생이 아닐까 싶습니다. 하지만 시간이 지나면 또 다른 소중한 것들이 나를 기다리고 있을 것입니다. 그것이 언제 나에게 다가올지는 모르지만 삶은 우리를 그렇게 단순히 외면만 하지는 않을 것입니다.

비가 그치고 따스한 봄을 가져다줄 사람이 누구일까요? 언제까지 나는 그 사람을 기다려야 하는 것일까요?

예전에는 나에게 따스한 봄을 되돌려줄 사람을 기다렸던 적이 있었습니다. 하지만 요즘에는 그러한 기대를 하지는 않습니다. 기다리다 보면 언젠간 그러한 일이 일어날 수는 있을 것입니다. 하지만 이제는 기다리지 않기로 합니다. 나에게는 비 오는 날도 소중한 시간이라는 것을 깨달았기 때문입니다.

비 오는 날이 춥고 아프고 외롭다는 것을 모르는 것은 아닙니다. 하지만 이제는 그러한 것을 버틸 수 있을 것 같습니다. 아무리 추워도, 아무리 아파도, 아무리 외로워도 이제는 그러한 것에 마음 상하지는 않습니다. 그저 주어진 날들이 있다는 것만으로도 충분하다는 생각이 듭니다.

내리는 비를 보며 따스한 날에 생각하지 못했던 것들을 다시 한번 돌아봅니다. 빗소리를 들으며 햇빛 나는 날에 느끼지 못했던 것을 느낄 수 있습니다. 비록 그것들이 나를 아프게 하더라도 그로 인해 또 다른 나를 만날 수 있기 때문입니다.

언젠간 비가 그칠 것입니다. 그 비가 그치는 날, 더욱 맑고 따스한 날이 나를 기다리고 있을 것이라 확신합니다. 비는 결코 영원히 계속되지 않습니다.

비 오는 날도 있기 마련이지만, 맑고 따뜻한 날도 있을 수밖에 없습니다.

23. 길을 밝혀주는 별

어둠으로 가득한 길을 환히 밝혀주는 별이 있다면 얼마나 좋을까? 힘이 들어도 그 별빛을 따라서 가다 보면 언젠간 내가 원하는 곳에 닿을 수 있다면 얼마나 좋을까? 하지만 우리의 삶에서 그러한 별빛이 항상 길을 안내하는 것은 아니다.

하지만 그 별이 사라지더라고 희망을 잃지는 말아야 한다. 구름은 언제나 있기 마련이며, 비도 수시로 내리곤 한다. 차라리 항상 길을 밝혀주는 별이 있는 것은 아니라고 받아들이는 편이 나을지도 모른다. 참고 가다 보면 다시 그 별이 나타날 것이라는 믿음이 가고자 하는 길에서 가장 필요한 동반자가 아닐까 싶다.

내가 가야 하는 길은 어차피 나 혼자서 갈 수밖에 없다. 처음부터 끝까지 함께 해주는 사람은 없다. 다른 것에 의지하지 말고 모든 것을 나 혼자 해나가야 한다는 마음이 오히려 편할지도 모른다.

어떠한 일이 나에게 다가와도 인내하고 견뎌내며 극복할 수 있을 것이란 믿음이 어두운 길을 밝혀주는 가장 빛나는 별이 아닐까?

모든 길은 아무리 험하고 멀더라고 끝은 있기 마련이다. 중간에 멈춘다면 그 끝을 볼 수가 없다. 잠시 쉬더라도, 나를 비추어주는 별빛을 바라보고 다시 한번 용기를 얻어 가던 길을 가야 하지 않을까?

하늘 높은 곳에서 나를 내려다보는 그 별은 비록 수시로 사라질지 모르나 내가 볼 수 없는 구름 위에서 나를 항상 보고 있을 것이다.

〈May it be〉

May it be an evening star
Shines down upon you.
May it be when darkness falls
Your heart will be true.
You walk a lonely road
Oh how far you are from home.

그대 앞길을 환히 밝히는
빛나는 저녁별이 되게 하소서.
암흑이 드리워질 때
그대 가슴에 진실이 녹아들게 하소서.
외롭고도 외로운 길을 걸어서
그대 고향을 떠나 얼마나 먼 길을 왔던가.

Mornie utúlië (darkness has come)
Believe and you will find your way.
Mornie alantië (darkness has fallen)
A promise lives within you now.

암흑이 다가와도
믿음으로 나아간다면 길을 얻을 것이오.
암흑이 드리워져도
그 약속은 그대 안에서 살아서 움직이리니.

May it be The shadow's call
Will fly away.
May it be you journey on
To light the day.
When the night is overcome
You may rise to find the sun

어둠 속 망령들의 외침을
떨쳐버리게 하소서.
낮같이 불 밝히는 그런
여정이 되게 하소서.
암흑이 압도할지라도
그대 태양을 찾아서
일어서게 하소서.

Mornie utúlië (darkness has come)
Believe and you will find your way.
Mornie alantië (darkness has fallen)
A promise lives within you now.
A promise lives within you now.

암흑이 다가와도
믿음으로 나아간다면 길을 얻을 것이오.
암흑이 드리워져도
그 약속은 그대 안에서 살아서 움직이리니.
그 약속은 그대 안에서 살아서 움직이리니.

24. 그저 지금 행복하면 된다

　행복하기 위해 오늘도 치열하게 살아가고 있지만, 진정으로 행복을 누리고 살아가는 사람은 그리 많지 않다. 행복을 찾아 많은 노력을 하고 있는 것에 비해 오늘 행복을 느끼는 사람은 흔하지 않다.

　자신이 행복하기 위해 생각했던 목표와 조건들을 위해 노력하지만, 세월이 흘러 시간이 다 지나고 나면 그 많은 노력에 대해 후회하는 경우도 많다.

　내일의 행복을 위해 오늘을 희생하지만 그러한 내일이 오지 않을 수도 있다. 그러한 내일을 갖지 못한다면 희생한 오늘을 다시 얻을 수도 없다.

　행복은 조건도 아니고 목표도 아니며 그것을 얻기 위해 무엇을 잃고 희생하는 것도 아니다. 그저 오늘 이 자리에서 행복하는 것으로 족하다.

　어떤 일이 일어나더라도 그러한 것에 연연하지 않는 것, 무언가를 이루지 못해도 행복해질 수 있다는 것, 내일 행복하기보다는 오늘 행복하려고 하는 것이 진정한 행복을 누리는 사람이 아닐까 싶다.

행복은 결코 멀리 있지 않다. 이미 행복할 수 있는데도 불구하고 그러지 못하는 것일 수도 있다. 행복은 단지 나로 인해 좌우될 뿐이다. 나는 오늘 지금 내가 있는 이 자리에서 충분히 행복하고도 남는다.

〈행복을 찾는 사람〉

　　　　　루시 모드 몽고메리(Lucy Maud Montgomery)

행복을 찾아서 온 세상을 헤맸어요.
오, 간절한 마음으로 멀리멀리 탐험했지요.
산과 사막과 바다까지 뒤졌어요.
동쪽에 가서 묻고 서쪽에서도 물었지요.
사람들이 북적이는 화려한 도시도 가고
햇살 맑은 푸른 바닷가도 찾아다녔지요.
웅장한 대궐 같은 집에 묵으며
서정시도 짓고 웃으며 즐겼지요.
오, 세상은 내가 간청하고 빌었던 것을 많이도 줬어요.
하나 그곳에서 행복은 찾지 못했습니다.

하여 실개천 가에 자그마한 흙벽 집 한 채가 있는
내 오랜 골짜기로 발길을 돌렸습니다.

산마루를 호위하는 보초병 전나무 숲에
온종일 바람이 휘휘 부는 그곳.
골짜기 위에 자리 잡은 고사리밭을 지나
어린 시절 걷던 오솔길을 구불구불 걸었습니다.
그리곤 들장미 정원 앞에 이르러
달콤한 향기를 들이키는데,
옛 시절처럼 내 집의 불빛이 땅거미를 밝혔지요.
문 앞에선 행복이 나를 맞았습니다.

25. 영원토록 마음속에 남아있는

애너벨 리.

어떤 한 존재가 나에게 다가왔다. 그것은 운명이란 걸 그 순간 알 수 있었다. 영원토록 변함없이 마음속에 남아있을 운명적 사랑은 그렇게 다가왔다.

하지만 삶이란 하나의 소원마저 그리 쉽게 허락하지 않는다. 운명적인 만남과 사랑일지라도, 영원하길 바라는 그 간절한 소망에도 불구하고, 그 일상조차 쉽게 이어지지 않는다.

그래서 아프고 그래서 힘들고 그래서 괴롭다. 단지 평범한 일상을 꿈꾸었는데, 함께 있는 것만으로도 더 이상 바랄 것이 없었는데, 그저 옆에 있어주기만을 소원했을 뿐인데, 삶은 그것마저 허락하지 않은 채, 영원하길 바라는 그 작은 소망마저 앗아가 버렸다.

비록 더 이상 함께 하지는 못하지만, 이제는 돌아오지 못할 길을 떠나고 말았지만, 다시 보고 싶어도 볼 수조차 없지만, 마음 깊은 곳에 남아 내 목숨 다할 때까지 영원히 계속되리라는 것을 믿어 의심치 않는다.

진정한 사랑은 그 어떤 일이 일어나더라도 영원토록 마음속에 깊이 남아 나의 생명과 함께 계속될 뿐이다.

<Annabel Lee>

Edgar Allan Poe

It was many and many a year ago,
In a kingdom by the sea,
That a maiden there lived whom you may know
By the name of Annabel Lee;
And this maiden she lived with no other thought
Than to love and be loved by me.

I was a child and she was a child,
In this kingdom by the sea:
But we loved with a love that was more than love —
I and my Annabel Lee;
With a love that the winged seraphs of heaven
Coveted her and me.

And this was the reason that, long ago,
In this kingdom by the sea,
A wind blew out of a cloud, chilling
My beautiful Annabel Lee;

So that her highborn kinsmen came
And bore her away from me,
To shut her up in a sepulchre
In this kingdom by the sea.

The angels, not half so happy in heaven,
Went envying her and me —
Yes! — that was the reason (as all men know,
In this kingdom by the sea)
That the wind came out of the cloud by night,
Chilling and killing my Annabel Lee.

But our love it was stronger by far than the love
Of those who were older than we —
Of many far wiser than we —
And neither the angels in heaven above,
Nor the demons down under the sea,
Can ever dissever my soul from the soul
Of the beautiful Annabel Lee:

For the moon never beams, without bringing me
dreams
Of the beautiful Annabel Lee;
And the stars never rise, but I feel the bright eyes

Of the beautiful Annabel Lee;
And so, all the night-tide, I lie down by the side
Of my darling — my darling — my life and my bride,
In her sepulchre there by the sea,
In her tomb by the sounding sea.

〈애너벨 리〉

에드가 앨런 포

아주 여러 해 전
바닷가 어느 왕국에
당신이 아는지도 모를 한 소녀가 살았지.
그녀의 이름은 애너벨 리
날 사랑하고 내 사랑을 받는 일밖엔
소녀는 아무 생각도 없이 살았네.

바닷가 그 왕국에선
그녀도 어렸고 나도 어렸지만
나와 나의 애너벨 리는
사랑 이상의 사랑을 하였지.
천상의 날개 달린 천사도

그녀와 나를 부러워할 그런 사랑을.

그것이 이유였지, 오래전,
바닷가 이 왕국에선
구름으로부터 불어온 바람이
나의 애너벨 리를 싸늘하게 했네.
그래서 명문가 그녀의 친척들은
그녀를 내게서 빼앗아 갔지.
바닷가 왕국
무덤 속에 가두기 위해.

천상에서도 반쯤밖에 행복하지 못했던
천사들이 그녀와 날 시기했던 탓.
그렇지! 그것이 이유였지(바닷가 그 왕국 모든 사람들이
알 듯).
한밤중 구름으로부터 바람이 불어와
그녀를 싸늘하게 하고
나의 애너벨 리를 숨지게 한 것은.

하지만 우리들의 사랑은 훨씬 강한 것
우리보다 나이 먹은 사람들의 사랑보다도
우리보다 현명한 사람들의 사랑보다도
그래서 천상의 천사들도
바다 밑 악마들도

내 영혼을 아름다운 애너벨 리의 영혼으로부터 떼어내지는
못했네.

달도 내가 아름다운 애너벨 리의 꿈을 꾸지 않으면 비치지
않네.
별도 내가 아름다운 애너벨 리의 빛나는 눈을 보지 않으면
떠오르지 않네.
그래서 나는 밤이 지새도록
나의 사랑, 나의 사랑, 나의 생명, 나의 신부 곁에 누워만
있네.
바닷가 그곳 그녀의 무덤에서
파도 소리 들리는 바닷가 그녀의 무덤에서.

26. 화살일까? 노래일까?

　누군가는 다른 이에게 비수처럼 아픈 말을 한다. 그것이 별 것도 아니라는 듯, 다른 사람에게 상처가 되지도 않을 거라 생각하며 가볍게 내뱉고 만다. 하지만 그것을 받는 사람은 화살처럼 가슴에 꽂혀 평생 잊지 못한다.

　누군가는 다른 이를 위하여 따뜻한 노래를 한다. 그것이 타인에게 얼마나 위로와 격려가 될지는 모르지만, 아무 생각 없이 가벼운 노래를 한다. 너무나 힘들고 외로웠던 어떤 이에게 그 노래는 오래도록 가슴에 남아 위로와 힘이 되어준다.

　자신이 하는 말과 일들이 타인에게 어떠한 영향을 주게 될지 생각하면서 말하고 행동하는 사람은 그리 많지 않은 것 같다. 타인이 얼마나 상처가 되고 아파할지 고민하지 않는다. 타인을 배려하지 않은 채 자신이 하고 싶은 대로 마구잡이로 하는 경우도 너무나 흔하다.

　조금만 더 생각하고 배려하면 참으로 따스한 위로와 힘이 되어줄 수 있는데도 불구하고 그런 것에 인색한 경우를 너무나 자주 겪게 된다.

　좋은 말과 행동이든, 나쁜 말과 행동이든, 살아가면서 우리가 하는 모든 것은 어딘가에 남아있기 마련이다. 아무 생각 없이 지나치는 것 같은 것들도, 그 어딘가에 오래도록 남아있다.

나는 다른 이에게 아픔만 주는 화살을 쏘았던 것일까? 아니면 다른 이에게 위로가 되어주는 노래를 불렀던 것일까?

돌이켜 생각해보면 나 또한 아무 생각 없이 무수한 화살을 날렸던 것을 기억한다. 왜 그랬던 것일까? 내가 너무 많은 화살을 맞아서였을까?

나름대로 따스한 노래를 부르고 싶기도 했다. 하지만 그러한 노래가 제대로 전달되기는 했는지 알 수가 없다. 나의 화살과 노래도 이 세상 어딘가에 고스란히 남아있을 것이다.

이제부터라도 더 이상 나에게는 화살이 없도록 노력할 생각이다. 날릴 화살이 없다면 그로 인해 아파할 사람이 없을 것이기 때문이다.

비록 잘은 부르지 못할지라도 누군가를 위해 위로가 될 수 있는 노래를 좀 더 부르고 싶다. 내가 부르는 노래가 어떤 이에게 힘이 되었으면 싶다. 그 노래가 진정으로 내가 사랑하는 이들에게 따스한 위로가 되었으면 좋겠다.

〈The Arrow and the Song〉

Henry Wadswarth Longfellow

I shot an arrow into the air ;
It fell to earth, I Knew not where ;
For, so swiftly if flew, the sight
Could not follow it in its flight.

I breathed a song into the air ;
It fell to earth, I knew not where ;
For, who has sight so keen and strong
That it can follow the flight of song?

Long, long afterward, in an oak
I found th arrow, still unbroke ;
And the song, from beginning to end,
I found again in the heart of a friend.

〈화살과 노래〉

롱펠로우

나는 공중을 향해 화살을 쏘았지만,
화살은 땅에 떨어져 어디 갔는지 알 수 없었네,
너무 빨리 날아 눈이
그것을 따라잡을 수 없었기 때문이지.

나는 공중을 향해 노래를 불렀지만,
노래는 땅에 떨어져 어디 갔는지 알 수 없었네,
아무리 날카롭고 강한 눈이 있어도,
날아가는 노래를 어찌 쫓을 수 있겠는가?

아주 오래 지난 후에, 나는 참나무 속에서
화살을 찾았네, 아직 부러지지 않은 그것을,
그리고 노래도, 처음부터 마지막까지,
친구의 가슴속에 있는 것을 다시 찾아냈지

27. 진정한 사랑의 크기

　살아가면서 자신에게 가장 소중한 것 중의 하나는 꿈이 아닐까 싶다. 우리는 자신이 가지고 있는 꿈을 이루기 위해 현재를 살아가고 있다. 나의 지금 하는 일도 그 꿈을 이루기 위함이며, 내가 노력하고 인내하는 것도 그 꿈이 이루어지는 날을 고대하기 때문이다.

　그러한 꿈을 위해 노력하는 삶의 여정에서 사랑하는 사람을 만나기도 한다. 사랑의 크기는 어느 정도 되는 것일까? 사랑을 위해 나는 무엇을 할 수 있을까?

　시인은 자신의 꿈이 밟힐지라도 사랑을 위해 기꺼이 그러겠다고 한다. 그에게는 꿈을 이루기보다 사랑이 더 소중했다. 자신이 그 오랫동안 꿈꾸었던 것이 사라질지라도 상관이 없다고 했다.

　꿈은 자신과 같은 것일지 모른다. 그것을 위해 가지고 있는 모든 것을 쏟아붓기 때문이다. 그 꿈이 이루어진다면 진정한 행복도 느낄 수 있을 것이다. 하지만 자신보다 더 중요한 것이 존재할 수도 있다.

　하지만 묻고 싶은 것도 있다. 그 사랑이 진정한 사랑일지 어떻게 알 수 있는지 말이다. 만약에 진정한 사랑이 아니었으면 스스로 포기한 꿈은 어떻게 되느냐고 묻고 싶다.

하여 진정한 사랑이 어떤 것인지 조금은 알 수 있을 것 같다. 자신의 꿈보다, 자기 자신보다 소중한 것이 진정한 사랑이다. 자신의 생각이 더 중요하고, 자기의 판단이 더 옳다면, 그것은 진정한 사랑이 아니기 때문이다. 자신이 앞서고, 자신이 기준이라면, 꿈을 포기할 정도의 사랑이 아닌 것이다.

진정한 사랑이 아니었기에 꿈을 포기하지 못한 것이며, 진정한 사랑이 아니었기에 자신을 포기하지 못한 것이다. 그러한 사랑에는 미련을 갖지 말자. 어차피 껍데기에 불과한 사랑이었기 때문이다.

진정한 사랑의 크기는 자신과 자신의 꿈을 모두 포기할 수 있는 것이다.

〈He Wishes for the Cloths of Heaven〉

William Butler Yeats

Had I the heaven's embroidered cloths
Enwrought with golden and silver light
The blue and the dim and the dark cloths
Of night and light and the half-light,

I would spread the cloths under your feet

But I being poor, have only my dreams

I have spread my dreams under your feet

Tread softly because you tread on my dreams.

〈하늘의 융단〉

윌리엄 버틀러 예이츠

내게 금빛과 은빛으로 짠

하늘의 융단이 있다면,

어둠과 빛과 어스름으로 수놓은

파랗고 희뿌옇고 검은 융단이 있다면,

그 천을 그대 발밑에 깔아 드리련만

나는 가난하여 가진 것이 꿈 뿐이라

내 꿈을 그대 발밑에 깔았습니다.

사뿐히 밟으소서, 그대 밟는 것 내 꿈이오니.

28. 어둡고 쓸쓸할 때도 있다

〈The Rainy Day (비 오는 날)〉

Henry W. Longfellow (롱펠로)

The day is cold, and dark, and dreary
It rains, and the wind is never weary;

날은 춥고 어둡고 쓸쓸하여라.
비는 내리고 바람은 그치지 않고.

The vine still clings to the mouldering wall,
허물어져 가는 담벽에 아직도 매달린 담쟁이넝쿨.

But at every gust the dead leaves fall,
And the day is dark and dreary.

바람이 불 때마다 마른 잎은 떨어지고,
날은 어둡고 을씨년스러워라.

My life is cold, and dark, and dreary;
It rains, and the wind is never weary;

내 인생도 춥고 어둡고 쓸쓸하여라.
비는 내리고 바람은 그치지 않고.

My thoughts still cling to the mouldering Past,

허물어져가는 과거에 매달린 나의 생각.

But the hopes of youth fall thick in the blast,
And the days are dark and dreary.

불어오는 질풍에 젊음의 꿈은 날려가고,
날은 어둡고 을씨년스러워라.

Be still, sad heart! and cease repining;
Behind the clouds is the sun still shining;

진정하라, 슬픈 가슴이여! 투덜거리지 말라.

먹구름 뒤에는 밝은 태양이 비치고 있다.

Thy fate is the common fate of all,
Into each life some rain must fall,

그대의 운명도 예외는 아니라네,
모든 이의 운명에 얼마간의 비는 내리고,

Some days must be dark and dreary.

인생이란 어둡고 쓸쓸할 때도 있는 거라네.

비가 내리는 것으로 슬퍼하고 싶지는 않다. 그 비가 있어야 또 다른 새로운 것들이 가능할 수 있다. 매일 햇살만 있는 것도 아니다. 오늘 햇빛이 있으면 내일 비가 내릴 수도 있고, 오늘 비가 오고 나면 내일 밝은 태양이 다시 나타나기 마련이다.

전에는 삶에 힘든 일과 어려운 일이 일어나는 것에 대해 우울하고 슬퍼했다. 하지만 이제는 더 이상 그런 마음이 들지는 않는다. 아무리 어렵고 힘든 일이 있어도, 그것에 그리 마음쓰지 않는다.

어차피 삶에는 그러한 일들이 있기 마련이다. 내가 아무리 원하고 바란다고 하더라도 좋지 않은 일들이 나에게 너무나 쉽게 일어나곤 한다. 제발 내가 바라지 않는 일이 나에게 생기지 말라고 소원을 한다고 하더라도, 그러한 것들이 나의 바람과는 반대로 일어나기도 한다.

삶은 원래 내가 바라지 않는 일이 일어나고 내가 원하지 않는 일로 가득하며, 내가 원하는 것이나 진정으로 소망하는 것들이 일어나지 않기도 한다.

중요한 것은 그러한 모든 것들을 그저 받아들이고, 나에게 어떠한 일이 일어나건 그것에 연연하거나 집착하지 말고 초연한 자세로 삶을 그저 온전히 살아가는 것이 아닐까 싶다.

오늘 비가 왔으니 내일은 햇살이 비출 것이고, 내일 햇살이 있으면 다음 날은 다시 비가 올지도 모른다. 그 모든 것에 대한 집착을 넘어서는 것이 진정한 자유인의 삶이라는 생각이 든다.

29. 바라는 것들

〈동경〉

괴테

내 마음을 이렇게도 끄는 것은 무엇인가
내 마음을 밖으로 이끄는 것은 무엇인가
방에서, 집으로
나를 마구 끌어내는 것은 무엇인가
저기 바위를 감돌며
구름이 흐르고 있다!
그곳으로 올라갔으면
그곳으로 갔으면!

까마귀가 떼를 지어
하늘하늘 날아간다
나도 그 속에 섞여
무리를 따라간다

그리고 산과 성벽을 돌며
날개를 펄럭인다
저 아래 그 사람이 있다
나는 그쪽을 살펴본다

저기 그 사람이 거닐어 온다
나는 노래하는 새
무성한 숲으로
급히 날아간다
그 사람은 멈춰 서서 귀를 기울여
혼자 미소 지으며 생각한다
저렇게 귀엽게 노래하고 있다
나를 향해서 노래하고 있다고

지는 해가 산봉우리를
황금빛으로 물들이건만
아름다운 그 사람은 생각에 잠겨서
저녁놀을 보지도 않는다
그 사람은 목장을 따라
개울가를 거닐어간다
길은 꼬불꼬불하고
점점 어두워진다

갑자기 나는
반짝이는 별이 되어 나타난다
'저렇게도 가깝고도 멀리
반짝이는 것은 무엇일까'
네가 놀라서
그 빛을 바라보면,
나는 너의 발아래 엎드린다
그때의 나의 행복이여!

내가 바라는 것들이 나의 삶의 원천인지도 모른다. 진정으로 원하는 것이 있기에 오늘을 살아낼 수 있는 힘이 되고, 그 것을 이루기 위해 지금을 치열하게 살아가게 된다.

비록 바라는 것들을 이루지 못하더라도 너무 슬퍼할 필요는 없을 것 같다. 그것을 위해 최선을 다해 오늘을 살아냈으니 그것으로도 충분하다.

바라는 것들이 없다면 삶은 얼마나 초라할 것일까? 원하는 것이나 소망하는 것이 없다면 인생은 황무지나 같을 것이다. 바라는 것이 있기에 오늘이 있다.

진정으로 소망하는 것을 위해 치열하게 살다보면 언젠간 바라는 것 중의 일부가 이루어지는 날이 올 것이다. 그날이 오면, 내가 진심으로 소원했던 것이 이루어지고 나면, 얼마나 기쁘고 환희가 가득할지 상상만 해도 행복하다.

그런 날을 기대하며 오늘을 다시 살아가고 있다. 비록 아프고 힘들었던 일들도 있었지만, 이제는 스스로 그런 아픔을 치유할 때가 되었다. 내가 바라는 것들이 있기에, 아픔은 추억으로 남겨놓고 앞으로 묵묵히 걸어갈 뿐이다.

아름다운 꿈을 다시 가질 때가 되었다. 그러한 꿈을 위해 지금 이순간 최선을 다해 살아갈 뿐이다. 더 밝고 행복한 순간이 나를 기다리고 있을 터이니, 그 행복을 만날 때까지 나의 꿈은 계속되리라 확신한다.

30. 아픔을 떠나보내고

울음이 타는 가을 강(江)

박재삼

마음도 한자리 못 앉아 있는 마음일 때,
친구의 서러운 사랑 이야기를
가을 햇볕으로나 동무 삼아 따라가면,
어느새 등성이에 이르러 눈물나고나.

제삿날 큰집에 모이는 불빛도 불빛이지만,
해질녘 울음이 타는 가을강(江)을 보것네.

저것 봐, 저것 봐
네보담도 내보담도
그 기쁜 첫사랑 산골물 소리가 사라지고
그 다음 사랑 끝에 생긴 울음까지 녹아나고

이제는 미칠 일 하나로 바다에 다 와 가는
소리 죽은 가을 강(江)을 처음 보것네.

　모든 것이 그렇듯이 사랑에도 아픔이 있기 마련이다. 그 아픔이 가슴에 가득하기에 눈물이 나지 않을 수 없다. 그 눈물 어디론가 흘러가게 되고, 그렇게 사랑은 잊혀간다.
　아픔이 언제까지 계속되지는 않는다. 푸르름으로 가득했던 나뭇잎이 가을이 되어 떨어지듯, 그 아팠던 순간들도 언젠간 사라지기 마련이다.
　시간이 흘러 때가 되면 나에게 다가왔던 모든 것은 그렇게 떠나간다. 아무리 붙잡으려 해도 잡을 수 없고, 아무리 발버둥을 쳐도 머물지 않는다.
　가는 것은 가게 두어야 한다. 흐르는 강물을 막을 수는 없으니, 아무리 막는다 해도 언젠가는 터져나가기 마련이다. 차라리 가슴 아픈 시절에 보내버리는 것이 나을지도 모른다. 아픈 마음이기에 어쩌면 더 오래 나에게 기억될 수 있고, 오래도록 그 기억과 함께 하게 될지도 모른다.
　노을이 지면 밤이 오고, 밤이 지나면 다시 새로운 날이 시작된다. 강물과 더불어 아팠던 사랑을 떠나보내고, 이제는 추억으로 그 마음을 대신할 뿐이다. 지나간 것은 지나간 것일 뿐 다시 돌아오지 않는다.

31. 무엇을 남기게 될까?

우리에게 주어진 시간은 유한하다. 영원한 시간이 주어지는 사람은 없다. 그 주어진 시간이 다 되어 떠나게 될 때 무엇을 남길 수 있는 것일까? 김성중의 〈상속〉은 시한부 인생을 사는 한 중년 여인에 대한 이야기이다.

"매일 아침 작별한 책을 고르고, 하루나 이틀에 걸쳐 천천히 읽거나 건너뛰고, 다 읽은 책은 탁자 한쪽에 따로 두었다. 이번 생에서는 이 책과 마지막이라는 생각 때문에 처음에는 굉장히 느리게 읽었지만, 그러다가 대부분의 책들을 건드리지 못할 것 같아 되는대로 읽고 있다. 책들의 빈자리가 드러날 때마다 인생이 정리되는 실감이 든다. 서운하기도 했지만 그만큼 채워질 진영의 책장을 상상했다. 이렇게 있으면 죽음은 다음번 이사하는 장소 정도로 여겨진다. 조금씩 짐을 빼고 가벼운 상태가 되어 먼 길 떠날 차비를 하는 것이다."

그녀에게 남은 시간은 이제 몇 달밖에 없다. 유산으로는 평상시 자신이 아꼈던 책이 전부였다. 평생을 살아오면서 한 권씩 읽어갔던 그 책들을 이제는 더 이상 볼 수가 없다. 자신이 가장 애착이 있었던 것들이기에 가장 소중한 사람에게 그 모든 책들을 남겨주기로 한다. 이생을 떠나기 전 마지막으로 자신이 읽었던 책을 다시 한번 살펴본 후 몇 권씩 그 책들을 묶어 우편으로 보낸다.

"한참 후에 돌아온 선생님은 예상보다 더 참혹한 모습이었다. 민머리에 말은 어눌했고, 어린아이와 노인을 합쳐놓은 것 같은 형상이었다. 그 앙상한 폐허에서 선생님을 추출해 내기란 쉽지 않았다. 그것은 꼭 죽음 자체를 바라보는 일 같았다. 진영이 왔어요, 라고 언니가 말하자 선생님은 힘없이 고개를 끄덕이더니 지친 듯 침대에 누웠다. 기주 언니는 선생님의 옷을 바로잡아주고 수면양말을 새로 신긴 다음 이불을 덮어주었다. 그들은 이상한 2인조였다. 어린 스승과 나이 많은 제자에서 이제는 엄마와 딸처럼 역할이 바뀌어 있었다. 언니는 피곤해 보였지만 자기 만족적인 미소를 짓고 있다. 교실 안에서 올려다보기만 하던 선생님을 지금은 자기 품 안에서 돌보고 있는 형국이다. 사라진 딸의 자리에 죽어가는 선생님이 대신 들어 있는 모습이랄까. 두 사람의 모습은 다정하지만 기괴했고, 서글프지만 아름답기도 했다."

마지막 순간이 오리라고 생각은 했지만 그렇게 빨리 올 줄은 몰랐다. 그 많던 시간은 어떻게 흘러가 버린 것일까? 오래도록 계속되리라 생각했던 그 시간들이 언제 다 끝나 버린 것일까?

이제 아무것도 할 수 없는 상태가 되어 무엇이든지 할 수 있었던 시간들을 돌아본다. 그 소중하고 아름다웠던 시간들을 돌이킬 수만 있다면 얼마나 좋을까?

마지막 순간은 누구에게나 다가온다. 그 순간에 우리는 이

땅에 무엇을 남기게 될까? 내가 존재했었다는 것에 의미를 부여할 수 있는 것들을 남길 수 있게 될까?

32. 비이성적인 집단

집단이 비이성적이고 비합리적인 경우 개인의 합리적 이성은 맞서기가 결코 쉽지 않다. 우리는 지난 세기의 역사에서 그 모습들을 충분히 보고도 남았다. 이승우의 〈소돔의 하룻밤〉은 그러한 집단의 비이성적 상황을 이야기하는 소설이다.

"집단적으로, 관성에 따라, 오랫동안 되풀이된 행동들은 동기와 타당성을 요구받지 않는다. 요구되지 않는 것은 말해지지 않는다. 인간의 행동에 동력을 부여하는 것은 의식화된 신념이다. 도를 넘는 무시무시한 행동은 도를 넘는 무시무시한 의식화와 신념을 필요로 한다. 사람이 쉽게 사로잡힐 수 없는 무시무시한 신념에 사로잡힌 사람은 사람이 쉽게 할 수 없는 무시무시한 행동을 쉽게 한다. 이념과 종교는 종종 인간의 비정상적인 행동들에 동기를 제공하는 신념 체계로 작동한다. 이때 이 이념과 종교가 제공하는 신념은 일종의 알리바이다."

인간의 행동에는 동기가 있기 마련이다. 하지만 집단의 경우 어느 순간부터는 그러한 것이 필요하지 않게 되기도 한다. 커다란 홍수가 모든 대지를 휩쓸어가듯 비이성적인 집단은 인간의 상식으로는 도저히 납득되지 않는 모습으로 변하기도 한다.

"말하자면 순수한 짐승의 차원. 그들은 자기들이 무슨 일을 하는지 알 필요가 없어진 상태에서 무슨 일을 하는지 알지 못한 채 하는 행동은 의식적이지 않고 따라서 여기에는 작위적 요소가 철저하게 배제되어 있다. 그런 점에서 순수하다. 몸의 본능밖에 없는 짐승처럼 순수하다. 롯의 집에 쳐들어와서 외지인을 내놓으라고 한목소리로 소리 지르는 이 남자들, 젊은이 노인 구별 없는 이 남자들의 행동에는 거리끼는 것, 부자연스러운 것, 짓눌린 것, 오염된 것이 없다. 의식 없는, 반성을 모르는 순수한 몸뚱이들이다. 순수한 욕망의 기계들이다."

비이성적인 집단은 생각도 없고, 의식도 없이, 그저 배고픈 짐승이 사냥을 하듯, 개인을 먹어 치워 버린다. 인간의 윤리와 가치관도 집어던진 채 오직 집단의 목표를 위해 모든 개인은 당연히 희생양 삼아버리고 집단은 단지 욕망의 화신으로 변해버리고 만다.

"롯은 자기 집에 몰려온 사람들이 하려고 하는 행동이 악한 짓임을 알렸다. 이것은 그들이 모르는 것이다. 그들이 의식 없는 몸뚱이, 반성을 모르는 기계들이 되어버렸기 때문에 모르는 것이다. 그래서 롯은 그들이 하려고 하는 짓이 악하다고, 하지 말라고 분명히 말했다. 그들이 하려고 하는, 그들이 모르는 나쁜 짓은 큰 무리, 무리 지어 이루어진 힘센 한 집단이 개별자로 떨어져 있는 힘없는 존재를 위협하는 것이다. 다

수의 무리로 이루어진 집단이 집단을 이루지 못한 개인이나 집단이라고 할 수 없는 소수를 향해 폭력을 휘두르는 것이다. 젊은이나 늙은이나 구별되지 않는 동일성의 한 세계가 낯설고 이질적인 외부자에게, 단지 그들과 다르다는 이유만으로 위해를 가하는 것이다."

비이성적인 집단에게 아무리 그들이 잘못하고 있다는 것을 알려주더라도 그들에게는 그러한 말을 들을 수 있는 능력을 잊어버렸기에 아무런 소용이 없다.

이러한 비합리적이고 비이성적인 집단으로부터 개인은 어떻게 보호를 받아야 하는 것일까? 그들은 컨트롤할 수 있는 방법은 없는 것일까? 만약 그것이 가능했더라면 지난 세기 그 엄청난 비극은 없었을 것이다. 앞으로 그러한 일이 또 일어나지 말라는 법은 없다. 역사의 비극적 반복을 막기 위해 우리는 무엇을 할 수 있는 것일까?

33. 삶의 선택과 흔적

   삶은 한 번밖에 주어지지 않는 소중한 것이라는 사실을 모르는 사람은 없을 것이다. 그러한 소중한 삶의 끝은 어떠한 모습일까? 우리가 죽고 나면 어떠한 흔적을 남기고 떠날 수 있을까?

   윤대녕의 〈밤의 흔적〉은 죽은 사람의 몸과 그 집 안을 정리해주는 이들에 관한 이야기이다. 그들은 외롭게 죽어간 사람들의 삶의 흔적을 보면서 무엇을 느꼈을까?

   "오랫동안 저는 죽은 거나 다름없는 상태로 살아왔어요. 무려 20년 동안 말예요. 하루하루가 끔찍한 고통의 연속이었죠. 죽은 상태에서 늘 깨어 있어야 했으니까요. 그것을 끝낼 수 있는 방법은 말했다시피 현실에서 사라지는 것밖에 없었어요. 네, 저는 진심으로 죽음을 원했어요. 그런데 난데없이 가드맨이 등장해 그것을 가로막았죠. 당신은 막 하늘로 날아오르던 새를 추락시킨 거예요."

   어떤 사람은 삶 그 자체를 고통과 괴로움의 연속이라고 생각을 하는 반면, 어떠한 사람은 삶을 그래도 살만한 것이며 사랑과 평안도 느낄 수 있다고 말한다. 누구의 생각이 옳은 것일까? 비슷한 형편에 처해 있는 사람이라고 할지라도 삶을 바라보는 시각은 전부 다를 수 있다. 그러한 차이는 어디서 생기는 것일까?

"동해로 운전해 가는 동안 장호는 오랫동안 자신이 누구와도 관계를 맺지 않고 고립된 채로 살아왔음을 깨달았다. 왜 그랬던 것일까? 의도하지 않았건만 단지 그렇게 된 것뿐이라고 장호는 생각했다. 그럼에도 뼈아픈 느낌이 몰려왔다. 그동안 고유하다고 믿었던 자신의 모든 것들이 흔적 없이 사라져 버리고 이윽고 부서지기 쉬운 껍데기만 남은 느낌이었다. 유물정리업을 앞으로 계속할지에 대해서도 이번에 다시 생각해 보기로 했다. 묵호에 도착한 장호는 식당에 들어가 어시장 앞에서 오랜만에 생선찌개를 먹고 저녁의 해안도로를 따라 삼척과 울진의 경계인 임원항에 이르렀다. 그곳은 장호가 대학에 다닐 때 혼자 여행을 왔던 곳이었다. 기이할 정도로 사위가 훤한 밤이었다."

우리 자신의 삶에 대한 시각과 그로 인해 남기는 흔적은 오로지 나에게 달려있을 뿐이다. 삶을 외롭게 살아가건, 다른 사람과 어울려 따뜻하게 살아가건, 그것은 오직 자신의 선택일 뿐이다.

어떤 사람을 만나고, 어떠한 일을 하고, 어떻게 일상을 꾸려나가는지는 자신의 선택과 행동에 의할 수밖에 없다. 그 누군가가 우리의 삶에서 선택을 강요할지라도 그 최종적인 결정은 자신이 할 뿐이다.

삶이 어떠한 모습으로 우리에게 다가올지라도 행복과 불행은 나 자신에 의해서 결정되는 것이 아닐까 싶다.

34. 세월은 사랑을 쌓고

　숨을 쉰다는 것을 생명을 뜻한다. 태어나 지금 여기에 오기까지 나에게 생명처럼 중요했던 사람은 누구였을까? 그 사람은 나를 얼마나 변화시켰던 것일까? 생명처럼 소중한 사람도 언젠가는 떠나야 할 터인데 그때 나는 무엇을 할 수 있는 것일까? 신경숙 〈깊은 숨을 쉴 때마다〉는 오래도록 함께했던 소중한 사람에 대한 이야기이다.

　"도시에는 가난하지만 얼굴이 흰 큰오빠가 있었다. 사랑하는 오빠. 태어난 마을에서는 영어책을 큰 소리 내어 읽는 오빠를 무서워했지만, 도시로 나온 그 해부터 지금까지 오빠를 사랑하지 않았던 적이 한 순간도 없다. 가난해서 데모도 못했던 청년, 나는 오빠의 가난에 보태진 혹, 그가 터무니없이 내게 화를 내도 나는 그를 사랑했다. 한번, 오빠가 내게 참을 수 없는 말을 했다. 너 보따리 싸가지고 집에 가버려라. 가슴이 퉁퉁 붓는 느낌. 오빠 그때 내게 너무 했나 봐. 그로부터 세월이 얼만데 그 생각을 하니 또 가슴이 붓네."

　세월은 사랑을 쌓는다. 그 오랜 세월 동안 수많은 일을 함께 겪었기에 사랑은 깊어질 수밖에 없다. 좋았다가 미웠다가 화해했다가 다시 또 싸우는 그 과정은 지구상에서 가장 소중한 사랑으로 거듭나기 마련이다. 그 과정을 버티지 못한다면 그것으로 사랑은 끝난다. 혈육의 사랑이 깊을 수밖에 없는 이유다. 천륜은 운명이기에 끊어지지 않는다.

"문 여는 소리가 나자 그 외진 방에서 대문까지 뛰쳐나와 대번에 내 뺨을 치던 오빠. 어디… 갔었어, 라는 말이 끝나기도 전에 우린 와락 껴안고 눈물을 터뜨렸지. 오빠아- 참말이지, 70년대 식이다. 나는 오빠의 가난. 내가 대학을 꿈꾸지 않았으면 오빠가 좀 덜 가난했을지도. 어쨌든 오빠의 가난인 나는 아침이면 다락방에서 내려와 그의 도시락을 싸고 있다. 그의 가발을 꺼내 빗질하고 있다. 그가 밤늦게까지 돌아오지 않으면 전철역 계단에 쪼그리고 앉아 그를 기다리고 있다. 그는 그 시절의 내 우주. 나는 그를 기준 삼아 자전하고 공전했다. 그때 싹튼 사랑이 아직 살아서 팔딱인다. 그건 내 생애를 지배할 것이다."

사랑하기에 화가 나고 사랑하기에 미워지는 것일까? 아무런 감정이 없다면 그러한 것은 아예 생기지도 않을 것이다. 그러한 아픔과 상처를 극복하고 나서야 삶의 중심이 되는 인연이 되는 것인지도 모른다. 스쳐 지나가는 인연에게는 화가 나거나 마음을 아프게 하지는 않는다.

"이제 갑자기 나 혼자서 뭘 해야 될지를 나는 모르겠어요. 나는 그 애가 다시 올 수 없다는 걸 잘 알면서도 그게 믿기지가 않아서, 날마다 그 애를 기다렸죠. 금방 그 애가 나타날 것 같았어요. 잘 마른 수건을 볼 때면 그 애에게 주려고 여겼어, 말하곤 했죠. 그 앤 누구라도 한 번 손을 댄 수건은 절대

쓰지 않았거든요. 물건을 사도 두 개씩 사는 버릇이 들어서 그 애가 다 먹어버릴까 봐 얼른 내 앞으로 당겨놓고… 떠나 보면 그 애와 한 번도 가본 적이 없는 곳에 가보면 혹시 혼 자가 될 수 있지 않을까, 싶었는데 여기로도 그 애가 찾아올 것만 같고….”

나의 가장 소중했던 인연이 떠나가 버린 시공간을 어떻게 버텨야 하는 것일까? 떠났다는 것이 믿어지지 않고 불현듯 나타날 것만 같은 마음 깊이 자리 잡은 그 사람을 어떻게 잊 을 수 있을까?

“당신이 떠나고 얼마 안 있어 나도 그곳을 떠나왔답니다. 그 애의 죽음을 내가 이 세상 바깥으로 나가는 다른 시작으 로 받아들이고 살고 있는 것이 때로 슬프지만 어쨌든 살아가 고 있어요. 어떤 일을 당하고도 살아진다는 사실이 신비롭기 도 하고 사무치기도 해요. 더듬더듬 혼자서 다시 첼로를 켜는 일에 익숙해졌고, 쉽지는 않지만 친구도 사귀어가고 있습니 다.”

소중한 인연을 잃고서도 살아가야만 하는 것이 인생인 것 일까? 비록 마음 아프지만 그래도 살아갈 수 있는 이유는 그 오랜 세월 함께했던 아름다운 시간과 추억이 마음 깊이 남아 있기 때문일 것이다. 아마 그 사람은 나도 모르는 그곳에서 그가 있었던 때처럼 살아가고 있는 나의 모습을 보고 있는지 도 모른다.

35. 그 사람을 보낸 후

　무거운 인연이라 하더라도 오래가지 못하는 경우가 있다. 원하지 않는데도 떠나보내야 하며, 바라지 않는데도 작별을 해야 하는 그러한 인연, 그럼에도 불구하고 살아가야 하는 것이 우리의 인생인지 모른다.

　최은미의 〈보내는 이〉는 마음을 나눌 수 있었던 유일한 사람을 떠나보내는 삶의 원하지 않는 단면에 대한 이야기이다.

　"8년여를 봐오면서도 진아 씨에 대해서 아무것도 몰랐구나 싶을 만큼 진아 씨는 단기간에 나에게 쏟아져 들어왔다. 나는 성큼성큼 빨아들였다. 진아 씨한테 빠져들어 갔다. 정신을 차리기가 힘들었는데, 실은 정신을 차리고 싶지도 않았다. 나는 예전부터 그런 편이었다. 좋아할 만하다 싶으면 쉽게 마음을 주었다. 마음을 먹고, 마음을 주고, 그런 후에는 전력을 다했으며, 다한 만큼 욕구가 충족되지 않으면 상처를 받고, 더 나아가면 남몰래 앙심을 품었다."

　살아가면서 만나게 되는 많은 사람들 중에 진정으로 마음을 나눌 수 있는 사람은 그리 많지 않다. 마음을 줄 수 있는 인연이 있다는 것 자체가 어쩌면 축복인지도 모른다. 그러기에 그의 존재에 어쩔 수 없게 되고, 그로 인해 상처를 받기도 한다. 하지만 그러한 상처를 받는다고 할지라도 인연의 무거움이 그 모든 것을 넘어서기 마련이다.

"그러니까 뭐가 어떻게 힘든데. 진아 씨 사정은 뭔데. 너도나도 비슷하게 겪는 그런 거 말고 난 진아 씨만의 질감을 원해. 조금 더 간질간질한 디테일을 나한테 달라고. 진아 씨. 맘카페에서 모르는 여자들이랑 나누지 말고 나랑 나눠. 우리가 특별한 사이라는 걸 조금만 더 느끼게 해줘. 나는 다른 거 안 바라. 무심코라도 하루 안부 물어주는 거. 하루에 10분쯤은 온통 그 사람한테만 집중해주는 거. 남편이랑은 이제 못하는 거. 남편 때문에 다른 사람이랑도 못 하게 된 거. 그걸 나랑 하자."

인생은 홀로서기이지만, 그래도 바라볼 수 있는 존재가 있다는 것은 행운이다. 그러한 사람을 이생에서 만났기에 살아갈 이유가 하나 더 존재한다. 그가 어떠한 형편에 있건 그것은 중요한 것이 아니다. 그러한 사람과 오래도록 더 많은 시간을 누리면 좋겠지만 삶은 우리에게 그러한 것을 쉽게 허락하지도 않는다.

"진아 씨, 잘 지내는지. 이제는 고무장갑을 냉장고에 넣지 않아도 녹지 않는 가을이 되었어. 어느 날은 이런 말로 시작하는 꽤 긴 얘기도 쓴다. 진아 씨, 어렸을 때 내 별명은 영지 버섯이었어. 식탁에 앉아 써내려가다 보면 저만치에서 여전히 슬라임을 만지고 있는 나의 윤이가 보인다. 그러면 어쩔 수 없이 진아 씨네 집이 떠오르고 나는 달랠 길 없는 마음을 안고 아이 곁에 가서 앉는다."

모든 인연은 언젠가 끝나기 마련이다. 아무리 마음을 나눌 수 있었던 소중한 사람이라고 할지라도 영원히 지속되는 인연은 존재하지 않는다. 아쉽다고 할지라도 더 오래 지속되기를 진정으로 원한다고 할지라도 그 사람을 떠나보낼 수밖에 없는 것이 현실이다. 삶은 어쩔 수 없으므로 가득하기에, 나의 마음이 닿았던 그 인연의 끝남 또한 받아들여야만 하는 것이 우리의 인생일지 모른다.

36. 식물이 되어버린 아내

나에게 가장 가까웠던 존재가 서서히 변하여 전혀 다른 존재가 되어버린다면 어떻게 해야 하는 것일까? 나에게 소중했던 존재가 오늘도 어제와 다름없을 것이라 믿고 있건만, 그 믿음이 보란 듯이 깨져버린다면 어찌해야 하는 것일까?

한강의 〈내 여자의 열매〉는 사랑했던 아내가 전혀 다른 존재인 식물로 변해가는 것에 관한 이야기이다.

"출장에서 돌아온 날 밤 내가 세 번째 대야의 물을 끼얹었을 때 아내는 노란 위액을 꾸역꾸역 토해냈다. 빠른 속도로, 내 눈앞에서 아내의 입술이 오그라붙었다. 떨리는 손으로 그 희끗희끗한 입술을 더듬어보았을 때 나는 마지막으로 알아들을 수 없는 가냘픈 음성을 들었다. 다시는 아내의 목소리를, 신음 소리조차 듣지 못했다."

아내는 서서히 나무가 되어갔다. 사람이 먹는 음식을 더 이상 먹지 못하고, 물만 먹을 수 있게 되었다. 하늘을 향해 나무처럼 두 팔을 벌리고 살아가게 되었다. 무슨 이유로 아내가 그렇게 변해가는지 도저히 알 수가 없었다. 어떤 방법을 써도 나무가 되어가는 아내를 돌이킬 수가 없었다. 이제 아내와 할 수 있는 것은 그저 나무가 되어가고 있는 아내의 모습을 바라보며 물을 끼얹어 주는 것이었다.

　"석류알처럼 한꺼번에 쏟아져 나온 자잘한 열매들을 한 손에 받아 들고 베란다와 거실을 연결하는 새시 문턱에 걸터 앉았다. 처음 보는 그 열매들은 연두색이었다. 맥줏집에서 팝 콘과 함께 곁들어져 나오는 해바라기 씨처럼 딱딱했다. 나는 그중 하나를 집어 입 안에 머금어보았다. 매끈한 껍질에서는 아무런 맛도 냄새도 나지 않았다. 나는 그것을 힘주어 깨물었 다. 내가 지상에서 가졌던 단 한 여자의 열매를. 그것의 첫맛 은 쏘는 듯 시었으며, 혀뿌리에 남은 즙의 뒷맛은 다소 씁쓸 했다."

　결국 아내는 나무로 변하여 식물처럼 그녀의 입에서 열매 를 토해냈다. 아내의 열매는 나에게 무슨 의미가 있는 것일 까? 그 열매로 나는 대체 어떠한 일을 해야 하는 것일까? 아 내에게 얻을 수 있는 것은 이제 고작 아내가 토해낸 그 열매 를 보는 것 밖에는 없다. 더 이상 아내는 존재하지 않고 아내 는 그저 변해버린 식물로서만 존재할 뿐이었다.

　"다음날 나는 여남은 개의 조그맣고 동그란 화분을 사서 기름진 흙을 가득 채운 뒤 열매들을 심었다. 말라붙은 아내의 화분 옆에 작은 화분들을 가지런히 배열한 뒤 창문을 열었다. 창밖으로 상체를 내밀고 담배를 피우며, 아내의 아랫도리에서 와락 피어나던 싱그러운 풀냄새를 곰곰이 곱씹었다. 쌀쌀한 늦가을의 바람이 담배 연기를, 내 길어난 머리카락을 헝클어 뜨렸다. 봄이 오면, 아내가 다시 돋아날까. 아내의 꽃이 붉게 피어날까. 나는 그것을 잘 알 수 없었다."

세상의 모든 것은 변해가기 마련이다. 나에게 가까웠던 소중했던 존재도, 과거와는 전혀 다른 모습으로 달라질 수 있다. 더 이상 예전처럼 소통할 수 없고, 무언가를 함께 할 수도 없는 그러한 타자로서만 존재하게 될 수도 있다. 과거로 돌아가려 해도 그럴 수가 없고, 아무리 노력을 해도 그 운명을 어떻게 할 수가 없다.

  존재는 현재에서 의미가 있을 뿐이다. 내가 아무리 사랑하는 소중한 존재라도 미래에 어떻게 될지는 알 수가 없다. 오늘 그 사람과의 삶이 어쩌면 마지막이 될 수도 있다. 사랑하는 사람이 식물로 변해버리기 전에 나는 그를 위해 무엇을 해야 하는 것일까?

37. 사랑하지 않지만 사랑하려는 노력

운명은 사랑마저 이겨버린 채 우리의 인생을 알 수 없는 곳으로 이끌어 가기도 한다. 사람의 힘은 극히 미약해 그 운명에 어찌하지 못한 채 흐르는 물처럼 그저 뒤엉켜가기도 한다. 한강의 〈아기 부처〉는 사랑하지는 않지만 사랑하려고 노력하는 어느 한 여인의 운명에 관한 이야기이다.

"여느 신혼의 부부들처럼 우리는 종종 다투었다. 단지 다른 점이 있다면, 다투고 난 뒷면 내 마음이 이상스러울 만치 냉정해졌고, 살의를 품지 않은 서늘한 마음으로 차라리 그가 죽어버렸으면 하고 바랐다는 것이다. 방송을 끝내고 돌아와야 할 시간이 한 시간쯤 지나면 그가 사고라도 당했기를 바라는 자신을 발견하며 놀라곤 했다. 상복을 입은 내 모습을 상상하면 어쩐지 마음이 편해졌다."

그녀는 왜 그가 죽기를 바랐던 것일까? 운명이 그들을 묶어주었는데도 불구하고 그녀는 왜 그가 잘못되기를 바랐던 것일까? 사랑하려고 노력했지만 사랑이 마음 깊은 곳에 자리잡지 못해 그랬던 것일까?

"나는 처음부터 그를 사랑하지 않았다. 믿기지 않는 일이었지만 나는 그의 흉터 때문에 그를 사랑한다고 생각했고, 이제 그 흉터 때문에 그를 혐오하고 있었다. 그의 흉터가 다만 한 겹 얇은 살갗일 뿐이라는 것을 나는 분명하게 알고 있었다. 그러나 그 안다는 것이 내 마음의 얇은 한 겹까지 벗겨 내주지는 못했다. 그것은 그의 잘못이 아니었다. 죄가 있다면 모두 나의 것이었다. 삶이 얼마나 긴 것인지 몰랐던 죄, 몸이 시키는 대로 가지 않았던 죄, 분에 넘치는 정신을 꿈꿨던 죄, 분에 넘치는 사랑을 꿈꿨던 죄, 자신의 한계에 무지했던 죄, 그러고도 그를 증오했던 죄, 마음 깊은 곳에서부터 가학했던 죄."

사랑하지 않았음에도 불구하고 결혼을 한 것은 무슨 까닭일까? 사랑할 수 있으리라는 자신감이 있어서였을까? 노력으로 충분히 사랑하는 마음이 생길 것이라 생각했던 것일까? 사랑하려는 노력이 사랑이라는 마음으로 바뀌는 것은 결코 쉽지 않을 것이다. 그럼에도 불구하고 그녀는 왜 그런 선택을 했던 것일까? 그러한 것들이 가능하리라 그녀는 꿈꾸었던 것일까?

"나는 타인의 그것처럼 그의 흉터를 보았다. 타인에게 호의를 베풀 듯이 그에게 호의를 베풀었다. 세계가 다른 방식으로 보이기 시작했다. 나는 모든 것을 낯설게, 그리고 오래 바라보았다. 선한 것과 악한 것, 의무와 책임과 방기, 진실과 거짓 따위가 내 눈앞에서 경계선을 무너뜨려갔다. 나는 그 혼란에 더 이상 놀라거나 당혹스러워하지 않았다. 다만 잠자코 바라보았다. 그 간격이 나를 구해주었다."

어쩌면 적당한 거리에서 타인을 인정하는 것이 사랑하려는 노력보다 나은 것인지 모른다. 그렇게 시간이 흘러 그러한 노력이 사랑으로 전환될지는 모르나, 서로에게 기대와 상처를 주지는 않을 수 있기 때문이다.

"살아 있는 동안은 이런 순간이 오지 않을 줄 알았다. 내가 그를 버리지 않는 한 그런 일이 있을 수 없다고, 그리고 나는 누군가를 버릴 만한 인간이 못 되니 이 생활이 끝날 수 없다고 생각했다. 둘 중 한 사람이 죽지 않는 한 영원할 것이라고 믿었다. 나는 얼마나 어리석었나. 그 어리석음으로 서로를 망쳐가면서도 그것을 몰랐나. 그것을 인내라고, 혹은 연민이라고 부르며 믿었으나, 과연 누구를 위한 인내였나."

자신을 상대를 버리지 않을 것이기에 상대도 자신을 버리지 않을 것이라는 생각은 분명히 착각일 뿐이다. 인간은 결코 타인을 자신보다 우선시하지 않는다. 타인을 믿는다는 것은 어쩌면 사랑에 대한 실패를 전제해야 하는 것일 수 있다.

"나는 대답하지 않았다. '냉정한 게 아니라 단지 당신을 사랑하지 않을 뿐이야'라고도, '이 차가운 마음이 아니었다면 여태까지 버텨오지도 못했어'라고도 변명하지 않았다. '노력했어, 내가 선택한 것이라서 책임도 지고 싶었던 거야'라고도, '어쩌겠어, 그게 내 한계였는걸'이라고도 하지 않았다. 시선으로 사물을 꿰뚫을 수 있다고 믿는 듯이, 그의 얼굴 뒤편에 단단히 버티고 선 철제 현관문을 바라보았을 뿐이었다."

사랑하지는 않으나 사랑하려는 노력의 한계는 어디까지일

까? 사랑하는 것보다 사랑하려는 노력이 더 힘들다는 것을 아는 사람은 드물다. 어쩌면 그러한 노력을 알아주기만 하더라도 마음은 통할 수 있는 자유로운 사랑이 가능했을지도 모른다. 운명은 아마도 그것을 그들에게 요구했는지도 모른다. 아기부처는 없지만 아기부처를 마음속에 품을 수 있는 것처럼.

38. 영원을 기대하지 않아야 할까?

우리는 주위의 소중한 것들이 영원히 계속될 것이라 생각하며 굳게 믿기도 한다. 하지만 현실은 그렇지 못하다. 그럼에도 불구하고 영원을 꿈꾸는 이유는 무엇일까? 한강의 〈어느 날 그는〉이라는 소설은 소중한 사람과 그 사랑이 영원할 것이라 생각했지만 결국 그리 오래가지 못한 가슴 아픈 이야기이다.

"그가 할 말을 잃고 있자 그녀는 자신의 생각을 말했다. 사랑이라는 게 만약 존재하는 거라면, 그 순간순간의 진실일 거야. 순간의 진실에 대해서 물은 거라면 당신을 사랑해. 하지만 영원을 믿어? 있지도 않은 영원이라는 걸 당신 힘으로 버텨내려고? 버텨내 볼 생각이야?"

사랑은 단순한 시간의 함수에 불과한 것일까? 시간이 지나면 그 좋았던 감정과 마음도 어느 한순간 사라져버리는 것일까? 한때는 목숨같이 좋아했던 사람도 헌신짝처럼 아무 쓸모없는 것이라 생각하여 하찮게 버리게 되는 것일까? 사랑이란 단지 어느 순간에서의 진실에 불과한 것일까? 만약에 그렇다면 사람들은 왜 그것에 그리 많은 가치를 부여하고 있는 것일까? 영원하지 않을 사랑을 우리는 그저 영원할 것이라 믿고 살아가고 있는 것일까?

"사람도 그렇잖아. 어느 날 어떤 사람이 좋아지지만, 그 순간에는 그것만이 가장 크고 중요한 진실이지만 상황이 바뀌거나, 시간이 지나거나 하면 모든 것이 함께 바뀌어버리잖아. 민화는 숟가락을 바로 쥐었다. 입속으로 찌개와 밥을 한 움큼씩 집어넣었다. 음식을 우물거리며 그녀는 미소를 지었다. 잠시 모습을 감추고 있던 광채가 다시 민화의 눈과 웃음 속으로 돌아왔다. 쾌활하게 웃으며 그녀는 말했다. 결국 영원한 건 없는 거야, 그렇지? 영원한 건 없다는 걸 인정하고 나면 살기가 훨씬 쉬워질지도 몰라."

사람은 변한다. 사람의 감정도 변한다. 하지만 그렇게 되지 않기 위한 의지는 지켜낼 수 있는 것이 아닐까? 시간이 지났다 하여, 자신의 상황이 바뀌었다 하여, 한때는 진실했던 그 마음마저 쉽게 외면해 버리는 것이 정답은 아닐 것이다. 영원한 것이 없다고 하여 그렇게도 쉽게 사랑이라는 것을 아무 생각 없이 버리지 말아야 한다.

"그랬다. 그는 민화의 애정이 식어가는 과정을 보았다. 그가 가장 견딜 수 없었던 것은 그 과정을 똑똑히 목격하면서도 그것을 저지할 수 없는 자신의 무기력이었다. 그는 그녀를 이해할 수 없었다. 그가 무엇을 그렇게까지 잘못했단 말인가? 얼마나 큰 잘못에 대한 벌로 그녀는 그를 더 이상 사랑하지 않는 것인가?"

인간에게 의지가 없다면 오래도록 유지될 수 있는 것은 존재하지 않는다. 그 모든 것들이 단지 짧은 순간에만 존재한

후 사라져버리고 만다. 우리의 세상이 의지의 세계가 될 수 있도록 노력하는 것이 어려운 것일까? 자신의 감정대로, 상황이 여의치 않으면 어떠한 의지도 시험하지 않은 채 그저 흘려보내고 마는 것이 의미가 있는 것일까?

"순간 그가 확연히 깨달은 것은 자신이 그녀를 더 이상 사랑하고 있지 않다는 것이었다. 더 이상 그는 그녀와 함께 살 수 없었다. 그녀의 살을 안고 입을 맞출 수 없었다. 같은 찌개를 떠먹고 얼굴을 마주 볼 수 없었다. 그녀는 그에게 삶과 같았다. 그를 매혹하고 잠시 기쁨을 주었으나 동시에 그를 배반하였다. 다만 머물다 지나갔을 뿐, 결코 그의 손아귀에 붙잡혀주지 않았다. 보람이나 좋은 추억조차도 남겨주지 않았다. 환멸에 가까운 쓴맛만이 그의 혀끝에 남아있었다."

모든 것은 돌고 도는 것이 아닐까 싶다. 인간의 감정은 그것이 사랑이라 할지라도 변하고 또다시 변하기도 한다. 좋아했던 감정이 변했다면, 그 변했던 감정이 시간이 흘러 또다시 변할 수도 있다. 하지만 현명하지 못한 현실만을 보고 사는 평범한 사람들은 그 모든 것을 놓치고 마는 것이 아닐까 싶다. 감정에 솔직한 사랑보다는 의지에 붙들린 사랑이 어쩌면 더 위대한 사랑일지 모른다.

39. 혼자도 두렵지 않다

　해질녘 대부분의 사람들은 집으로 돌아간다. 자신을 기다리는 사람이 있는 곳, 함께 식사를 할 수 있는 곳, 그나마 따스함이 기다리고 있는 곳으로 발길을 향한다. 하지만 그렇지 못한 사람들도 있다. 자신을 기다리는 사람이 없고 사랑하는 사람이 떠난 자리라면 돌아가는 그 길은 다른 길이다. 한강의 〈해질녘 개들은 어떤 기분일까〉는 자신을 버리고 떠난 엄마, 그리고 홀로 된 아빠를 보는 한 아이의 서글픈 이야기이다.

　"곧 황혼이 내릴 것이다. 왜 하루 중 이맘때가 되면 혼자란 생각이 들곤 하는 걸까 하고 아이는 생각한다. 바다에 나가보고 싶다고, 그러나 그 길이 싫다고, 그 개들이 무섭다고 생각한다. 과일 가게 앞에 매어져 있던 작은 개를 생각하자 아이의 마음은 복잡해진다. 그 복잡한 마음 밑바닥에서 똬리를 틀고 있는 감각은 필경 무서움이다. 그 무서움이 왜 자꾸만 부끄러움을 불러일으키는지, 자신의 몸뚱이를 친친 동여매는 것같이 느껴지는지 아이는 모른다. 조금씩 서쪽 하늘이 붉어지지 시작한다."

　엄마는 왜 가족을 버리고 떠난 것일까? 그래도 한때는 사랑으로, 따스함으로 모든 것을 같이 했던 가족이었는데 엄마는 무슨 이유로 어린 딸을 버리고 집을 떠난 것일까? 엄마가 없는 집, 아빠는 엄마가 돌아오기만을 기다리기에, 해질녘이 되는 시간이면 딸아이는 그 시간이 점점 두려울 수밖에 없다. 해가 지면 다른 이들은 집으로 돌아오건만 엄마는 오지 않는 다는 것을 알기에 동네의 개들마저 무섭기만 하다.

해질녘이 되면 개들은 어떤 기분일까? 개들도 엄마가 없기 는 마찬가지인데 저리도 씩씩하게 짖어대며 살아가건만 왜 자신은 그 개들의 짖는 소리마저 무서운 것일까?

"다음날 아이가 잠에서 깨었을 때 엄마는 없었다. 아이는 울지 않았다. 엄마가 떠났다는 것에 대한 실감이 없었고, 그 렇다고 아주 떠난 게 아니라 곧 돌아올 것이라고도 희망하지 않았다. 언젠가부터 아이는 모든 일을 받아들이는 데 익숙해 져 있었다. 그저 생겨난 일대로 숨소리를 크게 내지 않고 견 디는 데 익숙해져 있었다."

엄마가 떠날 것이라는 사실을 언젠가부터 알고 있었던 것 인지도 모른다. 영원히 함께 삶을 같이 하지 못할 것이라는 것을 깨닫고 있었는지도 모른다. 그러기에 비록 아프고 힘들 지만 모든 것을 감당할 수 있을 힘이 언젠가부터 생겼을 것 이다.

"바닷바람이 아이의 옷 속으로 파고든다. 오그라드는 가슴 을 펴려 애쓰며 아이는 계속해서 걸어간다. 무허가 주택들의 들쭉날쭉한 담벼락들이 흐린 시야 속에서 겹쳐진다. 해질녘의 개들이 어떤 기분일지 아이는 궁금하지 않다. 너무 아팠기 때 문에, 오래 외로웠기 때문에, 아이에게는 이 순간 두려운 것이 없다. 까끌까끌한 바람이 아이의 빨갛게 젖은 얼굴을 훑어 내린다. 꽃핀 아래 흩어진 머리털이 석양에 물들며 헝클어진 다."

삶의 깊은 수렁에서 너무 아파보았기에, 너무 외롭고 힘들 었기에 이제는 삶에서 마주치게 되는 그 모든 것에 대해 두 려움이 사라지게 되는 것인지도 모른다. 더 이상 해질녘 개들 어떤 기분인지 관심도 없다. 크게 짖어대는 개들의 소리도 하 찮게 들릴 뿐이다.

삶은 어차피 혼자서 걸어가야만 하는 길일지 모른다. 가끔 누군가 함께 할 수 있음으로 좋을지 모르나 어쨌든 인생이란 혼자라는 사실을 마음속에 품고 있어야만 더 힘들지 않고 더 아프지 않을 수 있다.

그렇기에 이제는 더 이상 혼자 걸어가는 삶이 길이 두렵지 않다. 사랑하는 사람이 나를 버렸어도 누군가와 함께 그 길을 가지 못할지라도 이제는 더 이상 두려워하지 않고 꿋꿋이 걸 어가는 것이 운명이라고 여기기 때문이다.

40. 너무 늦은 것은 아닐까

삶의 순간은 흘러가 버리고 만다. 흘러간 것은 돌아오지 않는다. 아무리 애원을 해도, 아무리 노력해도 흘러간 것은 이미 끝나버렸다. 한강의 〈회복하는 인간〉은 지나간 세월, 어찌할 수 없는 시간들, 그리고 그에 얽힌 인연과 작별을 고하는 이야기이다. 어쩌면 그것이 그동안 아파왔던 것과 회복하는 것인지도 모른다고 이야기한다.

"그녀는 삼십칠 킬로그램까지 몸무게가 줄었고, 의식을 잃기 직전까지 고통을 호소했다. 아파, 아파, 라고 아이처럼 가느다랗게 비명을 질렀다. 아빠, 나 좀 살려줘, 라고 그녀가 애원하자 무뚝뚝한 아버지의 턱이 덜덜 떨렸다. 덩치 큰 형부는 뒤돌아서서 울었다. 어머니는 그녀의 손을 감싸 쥔 채 아가, 아가, 라고 속삭였다. 당신은 자책을 멈추지 못했다. 당신의 존재가 그녀의 마지막 순간을 망치고 있다는 생각을 멈추지 못했다. 언니, 라고 마침내 입술을 열고 말하려 했을 때는 이미 모든 것이 끝난 뒤였다."

가장 오랜 시간 함께 했던, 누구보다 잘 아는 질긴 인연과 작별을 고할 날이 다가오고 있었다. 언젠간 그동안 쌓여있던

155

그 얽힘을 풀고 편안하게 인연이 계속될 줄 알았지만, 그는 이제 이 세상을 떠나야만 하는 순간에 서 있다. 그동안 무엇을 했던 것일까? 그 많은 시간을 어찌해서 흘려보내고만 말았던 것일까.

"오래전 당신이 첫 월급을 타서 선물했던 스카프를 그녀가 포장도 뜯지 않은 채 말없이 돌려주었던 순간을, 당신이 끈덕지게 되돌려 기억하게 되리라는 것을 모른다. 당신이 그녀에게서 영원히 돌아서리라 결심했던 순간. 그녀의 표정 없는 눈 속에 무엇이 들어 있는지 결코 읽을 수 없었던 그 순간. 그때 당신은 어떻게 했어야 했을까. 당신 역시 무섭도록 차가운 사람이라는 사실을 놀라며 발견하는 대신 무엇을, 어떤 다른 방법을 찾아냈어야 했을까. 끈덕지고 뜨거운 그 질문들을 악물고 새벽까지 뒤척이리라는 것을 모른다."

지나고 나면 그 순간들이 후회될 뿐이다. 더 잘 할 수 있었는데, 더 사랑할 수 있었는데, 더 베풀 수 있었는데, 하지만 이제 그러한 기억만 남아있을 뿐, 할 수 있는 것은 아무것도 없었다.

"이 따위, 라고 중얼거리며 당신은 축축한 흙 위에 누워 있다. 회백색 구멍 속의 상처 따위는 이제 느껴지지 않는다. 흙이 들어간 오른쪽 눈이 쓰라리다. 이 모든 통각들이 너무 허약하다고, 당신은 수차례 두 눈을 깜박이며 생각한다. 지금 당신이 겪는 어떤 것으로부터도 회복되지 않게 해달라고, 차가운 흙이 더 차가워져 얼굴과 온몸이 딱딱하게 얼어붙게 해달라고, 제발 다시 이곳에서 몸을 일으키지 않게 해달라고,

당신은 누구를 향한 것도 아닌 기도를 입속으로 중얼거리고, 또 중얼거린다."

지나고 나면 별것이 아니었던 것을 당시에는 왜 그리 마음을 쓰고 세상이 어떻게 될 것처럼 유난을 떨었던 것일까? 지나고 나면 아무것도 아닌 것을 왜 그리 연연하고 집착했던 것일까. 이제는 더 이상 기회는 주어지지 않는다. 할 수 있는 일이라곤 편안하게 잘 가라는 인사밖에는. 너무 늦었다는 것을 이제야 알게 되었으니 삶은 그래서 어렵고 무거운 것인지도 모른다.

41. 삶은 그저 그만그만할 뿐이다

　지금 내가 있는 이 자리는 어떻게 오게 된 것일까? 나는 이 자리에 오기까지 어떤 것들을 겪고 여기에 온 것일까? 여기까지 오면서 잃은 것은 없었을까?

　나는 지금 이 자리에 얼마나 오래 있게 될까? 내가 이 자리에 영원히 머물 수는 없는 일, 언제까지 이 자리에 머물게 될까? 이 자리가 끝나면 나는 어디로 가게 될까? 내가 가는 그곳은 어떤 곳일까? 내가 원하는 곳일까, 그렇지 않은 곳일까?　편혜영의 〈우리가 가는 곳〉은 현재 내가 있는 곳, 그리고 내가 가고 있는 곳에 대해 생각하게 해주는 이야기이다.

　주인공이 하는 일은 실종된 사람을 찾는 일이다. 그는 어떻게 그런 일을 하게 되었을까? 언제까지 그는 이 일을 하게 될까? 실종된 사람을 찾으면서 그는 많은 사람의 삶의 여정을 자연스레 엿보게 되기도 한다. 모든 사람들은 각자 나름대로의 길이 있었다.

　"이대로는 살 수 없을 뿐이지, 새로운 삶에 희망이나 기대를 거는 건 아니다. 기실 그들은 스스로 도망쳤다고 여긴다. 도망자로서 이후의 삶은 뻔하다. 신원 조회가 필요한 일을 할 수 없으므로 사회에서 가장 불안정하고 힘든 비정규직 노동

자가 된다. 이전의 삶과 별로 달라질 게 없다는 소리다."

삶을 회피한다고 해서 삶이 피해지는 것일까? 어디로 가건, 거기에도 또 다른 삶이 기다리고 있을 뿐이다. 지금이 힘들다고 나중은 힘이 들지 않는 삶이 기다리고 있는 것일까? 오늘을 살아내지 못하면서 내일을 살아낼 수 있을까?

주인공은 고속도로를 타다가 화물 트럭에 실려 가는 목조 주택을 따라간다. 그들이 따라간 곳은 한적한 농촌이었다. 목조 주택은 농막을 위해 그곳으로 운반되었다. 주인공은 어떤 것을 기대하고 갔을까? 그저 호기심으로, 아니면 재미로 따라갔던 것일까? 하지만 그가 도착한 곳은 별곳이 아니었다.

삶에서 우리가 기대하는 것은 어떤 특별함을 바라기 때문일까? 그럴지도 모른다. 하지만 삶에 있어서 특별한 것은 오늘 지금이 아닐까?

"어쩐지 들떠 보이는 오영지에게서 등을 돌리고 나는 눈을 감았다. 내일 우리는 어디로 가게 될까. 그게 어디인지 아직은 알 수 없지만, 이제까지와는 다른 곳일 것이다. 동시에 조금도 다르지 않은 곳이겠지. 하지만 어디든 도착할 것이다. 지금 중요한 것은 그것뿐이었다."

지금 있는 곳을 떠나면 어딘가에 가게 될 것이다. 하지만 그곳이 지금과 엄청나게 다른 곳은 아닐 것이다. 아니, 그곳이 엄청나게 다른 곳이라고 해서 우리의 삶이 크게 바뀌지는 않을 것이다. 삶은 그저 그만그만하고, 인간 또한 그저 그만그만할 뿐이다.

42. 시대가 운명이었고 운명이 삶이었다

자신의 의지나 희망대로 삶이 살아진다면 그것만큼 행복한 인생은 없을 것이다. 하지만 우리의 삶은 그것을 결코 쉽게 허락하지 않는다.

내 인생을 살아가는 것은 나 자신이 주인인 것이 분명하다. 하지만 내가 태어날 시간과 공간은 내가 결정할 수 있는 것이 아니다. 나의 뜻과는 전혀 상관없이 나는 임의의 어떤 시공간에 태어나 살아갈 수밖에 없다.

어떻게 보면 우리의 인생은 생각보다 짧다. 그 짧은 인생을 살아내야 할 우리가 속한 시대는 우리 삶 전체를 아우르고도 남는다. 그로 인해 시대가 운명이 되고 그 운명이 우리의 삶이 될 수밖에 없다.

정지아의 〈아버지의 해방일지〉는 알 수 없는 세월의 격랑 속에서 온전한 삶을 살아갈 수 없었던 빨치산 아버지에 대한 회고의 이야기이다.

"아버지는 젊은 시절 무수한 죽음을 목도했다. 보급투쟁을 마치고 아지트로 돌아왔더니 동지들의 시신이 목 잘린 채 사방에 나뒹굴고 있었다고, 아버지는 예의 어디를 보는지 알 수 없는 시선으로 덤덤하게 말했다. 밀란 쿤데라는 불멸을 꿈꾸는 것이 예술의 숙명이라고 했지만 내 아버지에게는 소멸을 담담하게 긍정하는 것이 인간의 숙명이었고, 개인의 불멸이 아닌 역사의 진보가 소멸에 맞설 수 있는 인간의 유일한 무기였다"

일제시대에 태어나 나라 잃은 백성으로서 그 험한 시대를 버티고 살아냈건만, 해방이 되자 또 다른 시대의 아픔인 한국전쟁이 아버지를 기다리고 있었다.

어떤 선택을 하건 최선의 선택이 될 수 없었던 시대였다. 아무리 피하고 싶어도 수많은 목숨이 사라져버리는 것을, 그것도 자신과 삶을 같이 했던 가까웠던 사람들의 죽음을 눈앞에서 지켜봐야만 했다.

죽음이 너무나 흔해 빠져서 그 누가 죽어 나가더라도 더이상 흐를 눈물마저 말라버려, 그저 담담히 그 사람들을 보내야만 했었다.

"그런 사연이 있는지 몰랐다. 그저 빨갱이 아버지 때문에 집안 망하고 공부 못한 것이 한이라 사사건건 아버지를 원망하는 줄로만 알았다. 아홉 살 작은아버지는 잘난 형 자랑을 했을 뿐이다. 그 자랑이 자기 아버지를 죽음으로 몰아갈 줄 어찌 알았겠는가. 작은아버지는 평생 빨갱이 아버지가 아니라 자랑이었던 아홉 살 시절의 형을 원망하고 있는 게 아닐까. 술이 취하지 않으면 견뎌낼 수 없었던 작은아버지의 인생이, 오직 아버지에게만 향했던 그의 분노가, 처음으로 애처로웠다."

아무 생각 없이 형을 자랑하고 싶었던 동생의 말 한마디에 아버지의 목숨이 사라져버렸다. 10살도 되지 않은 아이의 입에서 나온 말 한마디가 자신의 아버지를 이 세상에서 없애버리게 하고 만 것은 운명치고도 너무나 가혹한 것이었다. 그치 떨리는 삶의 한 조각이 어느 누구의 평생의 삶을 헤어 나올 수 없는 구렁텅이로 빠뜨리고 만 것이었다.

"어머니의 옛 시동생 가족들이 아버지의 영정을 향해 절을 올리는 모습을 나는 어쩐지 처연한 마음으로 지켜보았다. 저들에게 내 아버지는 평생 함께할 줄 알았던 형수를 빼앗아 간 사람만은 아닐 터였다. 형의 친구이고 동지였으며, 운명이 조금만 달랐다면 형과 친구의 처지가 뒤바뀔 수도 있었다. 어쩌면 이건 어디에나 있을 우리네 아픈 현대사의 비극적 한 장면에 지나지 않을지도 모른다. 아버지가 대단한 것도, 그렇다고 이상한 것도 아니다. 그저 현대사의 비극이 어느 지점을 비틀어, 뒤엉킨 사람들의 인연이 총출동한 흔하디흔한 자리일 뿐이다."

시대의 비틀림이 사람들의 인연과 관계마저 완전히 혼돈 속으로 빠뜨렸고, 세월이 지나 이제는 그러한 것이 아무렇지도 않은 그저 평범한 삶의 일부가 되어 버리고 말았다.

그 사람이 아니었으며 내가 그 사람의 처지가 될 수도 있었다는 것을 이제는 받아들여야만 했고, 그렇게 받아들일 수밖에 없기에 이제는 그것이 아무렇지도 않은 일상의 모습이 되어 버렸다.

"아버지의 유골을 손에 쥔 채 나는 울었다. 아버지가 만들어준 이상한 인연 둘이 말없이 내 곁을 지켰다. 그들의 그림자가 점점 길어져 나를 감쌌다. 오래 손에 쥐고 있었던 탓인지 유골이 차츰 따스해졌다. 그게 나의 아버지, 빨치산이 아닌, 빨갱이도 아닌, 나의 아버지."

시대가 어떻든, 운명이 어떻든, 그래도 변하지 않는 것이 있었다. 너무나 무거운 시대 속에서 어떤 선택을 하건, 그 선택과는 무관한 것이 있었다. 그것은 아버지와 자식이라는 관계, 아마 그 관계는 어쩌면 시대보다도 더 커다랗고, 어떤 운명이건 그것을 뛰어넘는 가장 위대한 것인지도 모른다.

43. 끝까지 옆에 있어 준 사람

인간은 이기적 동물이다. 자기 자신이 모든 것의 중심이며, 자신을 기준으로 주위를 판단하고, 자신을 위해 모든 것을 분별하고 선택한다. 아무리 오래 같이 살았던 사람도 자신에게 이익이 되지 않는다면 버리고 헤어지는 경우가 대부분이다. 그 어떤 상황도 포용하고 받아들이는 사람은 극히 드물다.

김영하의 〈오직 두 사람〉은 아버지의 상황이 어떠할지라도 끝까지 아버지의 옆에 남아있었던 딸에 대한 이야기이다. 물론 소설 속의 주인공도 한 때는 아버지를 잠시 떠났던 적도 있었다. 하지만 그녀는 다시 아버지에게 돌아오고 아버지의 마지막까지 옆에서 그 자리를 지킨다. 하지만 그녀 외에 다른 가족은 아버지를 자신들과 맞지 않고 도움이 되지 않는다고 하여 외면하고 버렸다.

"아빠가 돌아올 때쯤에는 마음이 좀 정리가 됐어요. 이젠 아빠와도 선을 긋도록 하자. 아무리 아빠가 부탁을 해도 안 되는 건 안 되는 거다. 나도 내 생활이 있다, 이렇게 결심을 했어요. 그런데 아빠가 술이 잔뜩 취해서 나타난 거예요. 문을 열자마자 거실 바닥에 몸을 던지듯이 쓰러지시더라고요.

아빠는 그렇게까지 만취하는 일이 드문 사람이에요. 좀 이상했죠. 결심이고 뭐고 다 잊어버렸어요. 왜 그러냐고, 무슨 일이 있었냐고 했더니, 이번에는 아빠가 울어요. 딸 앞에서 대성통곡을 하더라고요."

사랑의 크기는 그 사람의 어디까지를 받아들일 수 있느냐가 아닐까 싶다. 상대방보다 나 자신을 더 생각한다면 그것은 그를 그다지 사랑하지 않는다는 증거이다. 그 사람의 좋지 않은 면이 보인다면 이미 사랑의 마음은 그리 많지 않은 것이다. 어떤 일이 일어나더라도, 어떠한 상황이더라도 진정으로 그 사람을 사랑한다면 나의 것들이 잊혀질 수밖에 없을 것이다. 받아들이지 않으려 마음먹었어도 다시 받아들일 수밖에 없는 것, 사랑의 끈이 그만큼 단단하기 때문일 것이다.

"아빠가 쓰러졌다는 소식을 들었을 때, 분명히 알았어요. 내 삶의 더 커다란 결라, 더 심각한 중독은 아빠였다는 것을. 엄마나 현정이와 나누는 대화에는 어둠이 없어요. 밝고 따뜻해요. 특히 현정이는 모든 면에서 논리적이고 명쾌하죠. 외국어 같았어요. 왜 외국어로 말을 하면 좀더 이성적이 된다잖아요. 아빠하고는 달라요. 저에게는 아빠가 모국어예요. 굳이 말을 하지 않아도 통한다는 느낌이 있어요. 좋고 나쁘고의 문제가 아니에요. 그냥 운명 같은 거예요."

그 사람의 좋고 나쁜 것을 분별하고 판단하는 것은 그 사람에 대한 사랑의 마음이 그리 크지 않기 때문이다. 그것은 커다란 사랑이 아니기에, 자신을 더 중요하게 여기는 것이기에 그렇다. 아무리 가족이라고 할지라도 그런 경우에는 이기적인 사랑일 뿐이다.

어떤 상황이더라도 있는 그대로 인정하고 그 십자가를 지고 갈 수밖에 없는 것이 운명이라는 것을 받아들이는 것, 그것인 진정으로 그 사람을 사랑하는 것이 아닐까?

"다들 충고들을 하지요. 인생의 바른길을 자신만은 알고 있다는 확신을 가지고서요. 친구여, 네가 가는 길에 미친놈이 있다니 조심하라. 그런데 알고 보면 그 전화를 받는 친구가 바로 그 미친놈일 수 있는 거예요. 그리고 그 미친놈도 언젠가 또다른 미친놈에게 전화를 걸고 있는 거예요. 인생을 역주행하는 미친놈이 있다는데 너만은 아닐 줄로 믿는다며. 그 농담의 말미처럼 인생에서 맞닥뜨리는 미친놈은 아마 한둘이 아닐 거고 저 역시 그중 하나였을 거예요."

대부분의 경우 사람들은 자신이 중심이 된다. 주위의 모든 것을 자기의 기준으로 생각하고 판단하며, 그것이 옳다고 주장하고 행동한다. 하지만 자신이 가지고 있는 그 기준은 오직 자신에 해당할 뿐이다. 그것은 결코 옳은 것이 아니며, 무언가를 판단할 절대적 기준이 아님에도 불구하고, 이를 묵과한 채 그 기준으로 사람을 판단하고 세상을 살아간다. 아쉽지만 자신에게 주어진 모든 시간 속에서 일어나는 것들을 그렇게 판단한다.

"저도 알아요. 한 번도 살아보지 않은 삶이 저를 기다리고 있다는 것을요. 그런데 그게 막 그렇게 두렵지는 않아요. 그냥 좀 허전하고 쓸쓸할 것 같은 예감이에요. 희귀 언어의 마지막 사용자가 된 탓이겠죠."

아버지는 이제 떠났다. 운명처럼 그동안 삶을 함께 했지만, 이제는 더 이상 아버지는 존재하지 않는다. 다른 사람들은 다 떠났지만, 딸은 아버지 곁을 끝까지 지켰다. 아버지의 모든 것을 받아들이고, 있는 그대로 인정하며, 그 모든 것을 운명으로 받아들였다. 진정으로 아름다운 사랑은 그 대상이 어떠한 사람일지라도, 어떤 상황에서도, 끝까지 옆에서 지켜주는 사람이 아닐까 싶다.

44. 알 수 없는 일들이 일어난다

　살아가다 보면 전혀 예상하지 못한 일, 일어나지 않기를 바라는 일, 알 수 없는 일들이 일어나고는 한다. 그로 인해 우리의 삶은 찌그러지고 부서지며 때로는 파괴되기도 한다. 하지만 그럼에도 불구하고 그것을 받아들이고 살아가야 하는 것이 아닐까 싶다.

　김영하의 〈아이를 찾습니다〉는 평범한 한 부부가 4살 된 아이를 갑자기 잃어버린 후 일어나는 이야기이다. 아이를 잃은 후 그들은 평범한 일상을 누리지 못했고, 더 예상하지 못하는 일들이 일어남으로 인해 삶이 완전히 붕괴된다.

　"지난 십일 년간 윤석의 인생 전부가 그 전단지에 요약돼 있다. 그는 전단지를 위해 돈을 벌고 전단지를 뿌리기 위해 밥을 먹었다. 아침마다 지하철역 입구에서 바쁜 행인들의 소매를 잡았다. 주말에는 근처의 아동보호시설을 찾아다니며 수소문을 했다. 선거철에는 인쇄소에 일감이 밀리니 그전에 물량을 충분히 확보해야 한다는 것도 알게 되었다. 전단지는 집안 어디에나 있었다. 화장실에도, 하나밖에 없는 방구석구석에도, 심지어 미라의 낡은 핸드백 속에도 가득 있었다. 너무 많아서, 마치 전단지라는 이름의 벌레들이 야금야금 집을 먹어치우고 있는 것처럼 보이기도 했다."

아이의 손을 놓친 것은 불과 10여 초에 불과했다. 하지만 그 지극히 짧은 순간이 그들의 모든 것을 앗아가 버리고 말았다. 평범했던 그들의 삶은 더 이상 평범한 일상을 꿈꿀 수조차 없었다.

"잠시 후 두 여자가 코밑이 벌써 거뭇거뭇해지기 시작한 아이 하나를 등을 떠밀다시피 하면서 데리고 들어왔다. 아이는 쭈뼛거리면서 발을 현관 안으로 들여놓지 않고 있었다. 아이는 그가 그려왔던 성민이와 너무나도 달랐다. 그들 부부를 닮은 구석이 전혀 없어 보였고, 그들이 오랫동안 배포해온 전단지 속의 소년과는 너무나 판이했다. 전단지 속 소년은 볼이 토실토실하고 눈매가 순한, TV 드라마의 아역 배우를 닮은 듯한 모습인데, 지금 그의 눈앞에 나타난 아이는 눈이 쭉 찢어진데다 살이 쪄 배가 불룩했다. 어딘가 욕심 사납고 성마른 데가 있는 아이로 보였다. 윤석은 확신할 수 있었다. 만약 길에서 저 아이를 만났다 해도 절대로 알아보지 못했을 거야. 그래도 윤석은 달려나가 아이의 손을 잡았다."

10여 년을 아이를 찾아 헤맨 후 아내는 결국 정신병에 걸리고 만다. 가지고 있던 모든 재산도 날아가고 이제 하루를 살아나가기조차 어려웠다.

그러던 중 아이가 10여 년 만에 돌아온다. 하지만 그 아이는 그들이 찾던 아이와는 너무나 다르게 변해 있었다. 그들이 잃어버린 아이가 아니었다. 그렇게 기다렸던 아이였지만 아이가 돌아옴으로 인해 그들의 삶은 다시 더 크게 변화를 겪게 된다.

　"몇 달 후 윤석은 성민을 데리고 고향으로 내려갔다. 창고 바닥에 난방을 깔고 부엌 설비를 들였다. 무허가 건물이지만 워낙 시골이다보니 와서 뭐라고 하는 사람은 아무도 없었다. 그는 뒷산의 폐광을 임대해 표고버섯 농사를 짓기 시작했다. 버섯 농사는 크게 성공적이지 않았지만, 농촌이라 생활비가 워낙 적게 들었고 간단한 식재료는 텃밭에서 구할 수 있어 살림은 도시에서보다는 넉넉한 편이었다. 성민은 중학생이 되었고 곧 고등학교에 진학했다. 그리고 어느날 집을 나가 다시 돌아오지 않았다."

　비록 아이를 찾았지만 잃어버린 10년이라는 세월은 그들의 삶을 예전으로 돌려놓지 못했다. 돌아온 아이는 가족의 일원이 되는 것조차 힘들었고 결국 아내는 사망하고 만다. 아이는 아빠에게도 엄마에게도 어떠한 감정을 느끼지 못했고, 겉으로만 돌다 다시 집을 떠나버리고 만다.

　"그는 오른손을 내밀어 아이의 작은 손을 쥐었다. 아이는 문득 울음을 그치고 그를 말똥말똥 올려다보았다. 그는 왼손도 마저 내밀어 아이의 오른손을 살며시 잡았다. 그리고 천천히 위아래로 흔들었다. 아이가 간지러운 듯 발을 꼼지락거리며 좋아했다. 아이의 양손을 놓지 않은 채 그는 오래도록 평상 위에 앉아 그에게 찾아온 작은 생명을 응시했다."

　아이를 잃어버린 당시로 시간이 되돌아간 것일까? 세월이 지나 자신의 아이가 낳은 갓난아기를 아빠는 맡게 된다. 어릴 적 아들의 시간을 손자가 채워줄 수 있을까? 삶은 어쩌면 알 수 없는 것으로 가득하고, 그러한 것들을 받아들이고 살아가는 것이 삶 그 자체인지도 모른다.

45. 삶의 극한에 이르고 나면

삶에 대한 이해에 있어 경험이 가장 큰 스승일지 모른다. 아무리 지식을 많이 쌓아도, 삶을 직접 경험한 것보다 나을 수는 없다. 삶의 극한에 이르고 나서 얻은 나름대로의 진리가 삶을 대하는 태도 그 자체부터 바뀌게 한다.

한강의 〈검은 사슴〉은 광부들의 사진을 찍으며 죽음의 경계까지 가보았던 한 사진사에 관한 이야기이다. 주인공은 눈앞에서 죽음을 보았고, 자신 또한 죽음에 경계에까지 가보았기에 삶과 죽음에 대해서조차 담담해질 수가 있었다.

"그 모든 것을 다시 볼 수 없을지 모른다는 불안이 그의 다리를 얼어붙게 했다. 나약하게도 장은 벌써부터 그곳에 들어온 것을 후회하고 있었다. 플래시의 빛이 다시 불러일으킬 반발도 반발이지만, 자신의 행동이 그들의 위험한 작업에 방해가 되어 예기치 못한 사고가 일어날지도 모른다는 초조함에 그는 다시 카메라를 꺼낼 엄두조차 낼 수 없었다."

우리에게 주어진 오늘이 마지막이라면 우리는 어떠한 선택을 하며 오늘을 살아가게 될까? 더 이상 나에게 남아있는 시간이 없다면 오늘 나는 무엇을 하며 그 남은 시간을 보내게 될까? 삶의 극한을 경험해 본 사람과 그렇지 않은 사람의 차이는 분명히 존재한다. 극한을 경험해 본 사람은 주어진 시간을 충분히 인식하게 될 수밖에 없다.

"그 갱도의 끝에서 보았던 햇빛을 장은 잊지 못한다. 비로소 나쁜 꿈이 끝났다는 것을, 장에게 삶이 남아있었다는 것을 말이 아니라 벅찬 감각으로 실감하게 해준 빛이었다. 그러나 햇빛 가운데로 막상 몸을 내밀었을 때 장은 쏘는 듯한 그 빛에 눈을 감았으며, 기쁨 대신 강한 부끄러움을 느꼈다."

죽을 줄 알았던 상황에서 살아남은 것을 겪어본 사람은 그에게 주어진 또 다른 시간이 그 무엇보다 소중하다는 것을 충분히 느낄 수밖에 없을 것이다. 이제 남아있는 시간 동안 삶을 낭비할 수 없다는 것을 그는 너무나 잘 알 것이다. 이렇듯 힘든 삶의 경험이 우리를 더욱 성숙하게 만드는 것인지도 모른다.

"그곳에서 나온 뒤, 장은 자신이 갇혀 있었던 시간이 그렇게 길었다는 것에 놀랐다. 장은 다만 졸음에 빠지지 않기 위해 이따금씩 서로의 팔을 꼬집어주었던 일, 임의 등과 어깨에 자신의 등을 맞대면 그 부분만 따뜻하여 다른 부분의 얼어붙는 듯한 한기를 절감했던 일, 어둠에 대한 본능적인 공포가 이따금씩 켜는 안전등의 불빛으로 조금이나마 달래어지던 일 따위를 기억할 수 있었을 뿐이었다. 그것이 무려 육십사 시간 동안 계속되었다는 것은 깨닫지 못했다."

삶은 그다지 큰 차이가 없다. 죽음 앞에서 삶은 왜소할 뿐이다. 커다란 것을 잃어본 사람은 그래서 삶에 대한 욕심을

174

가지지 않는다. 어차피 내 것이 아니라는 것을 너무나 잘 알기 때문이다. 내가 소유하고 있는 것은 한순간뿐이고 그것 또한 덧없다는 것을 안다. 삶의 극한에 가보았던 사람은 그래서 담담하게 살아가는 것인지도 모른다. 그 사람은 초월이라는 말이 무슨 뜻인지 알기에 삶에 대해 겸손해질 수밖에 없을 것이다.

46. 상처

〈상처〉

조르주 상드

덤불 속에 가시가 있다는 것을 안다
하지만 꽃을 더듬는 내 손 거두지 않는다

덤불 속의 모든 꽃이 아름답진 않겠지만
그렇게라도 하지 않으면
꽃의 향기조차 맡을 수 없기에
꽃을 꺾기 위해서 가시에 찔리듯

사랑을 얻기 위해
내 영혼의 상처를 감내한다

상처받기 위해 사랑하는 게 아니라
사랑하기 위해 상처받는 것이므로

상처없는 삶이 있을 수 있을까? 우리의 인생에는 그 누구에게나 상처가 있기 마련이다. 그러한 것이 인생이 아닐까 싶다. 아무 일 없이 살아가기를 바라더라도 그러한 삶은 존재하지 않는다. 아픔과 괴로움, 슬픔과 외로움이 인생의 곳곳에 있을 수밖에 없다.

상처가 두렵다고, 아프다고, 힘들다고 해서 삶을 피하는 것보다는 삶이 원래 그렇다는 것을 알고 부딪히고 깨지고 이겨내고 받아들이는 것이 온전히 삶을 살아가는 것이라는 생각이 든다.

덤불속에 가시가 있다고 해서 가까이 하지 않는다면 그 꽃에 대해 알 수가 없다. 길이 험하다고 해서 주저앉아 있기만 하면 그 어디로도 갈 수가 없다.

산을 오르기가 힘이 들다고 해서 오르지 않는다면 그 정상에서 느낄 수 있는 것을 알 수가 없다. 직접 가보지 않은 곳은 어떠한 곳인지 머릿속으로만은 이해할 수가 없다.

실패와 좌절이 있을지라도 그것에 연연하지 않고 가고자 하는 바를 따라 묵묵히 가는 것이 진정한 삶을 살아가는 이의 태도가 아닐까 싶다.

순례자는 그가 가는 길의 앞에 무슨 일이 일어날지, 누구를 만날지, 어떤 일이 기다리고 있는지 알지 못한다. 그저 길을 따라 가는 것이 그가 해야하는 일이라 생각할 뿐이다. 우리 모두는 어쩌면 알 수 없는 아픔과 상처와 고통이 있지만, 기

쁨과 환희도 느낄 수 있는 그러한 길을 걸어가는 순례자가
아닐까 싶다.

47. 시간은 그렇게 흐른다

<Life is too short for>

Ella Wheeler Wilcox

Life is too short for any vain regretting;
Let dead delight bury its dead, I say,
And let us go upon our way forgetting
The joys, and sorrows, of each yesterday.
Between the swift sun's rising and its setting,
We have no time for useless tears or fretting,
Life is too short.

Life is too short for any bitter feeling;
Time is the best avenger if we wait,
The years speed by, and on their wings bear healing,
We have no room for anything like hate.

This solemn truth the low mounds seem revealing
That thick and fast about our feet are stealing,
Life is too short.

Life is too short for aught but high endeavour,
Too short for spite, but long enough for love.
And love lives on for ever and for ever,
It links the worlds that circle on above;
Tis God's first law, the universe's lever,
In His vast realm the radiant souls sigh never
"Life is too short."

〈인생은 너무 짧네〉

엘라 휠러 윌콕스

인생은 헛되이 후회하기엔 너무 짧네,
내 말하건대, 죽은 자들로 하여금 기쁘게
죽은 자들을 묻도록 하라,
그리고 우리는 각자 어제의 기쁨과 슬픔을

잊고 우리의 길을 가리라.
태양이 급속히 뜨고 지는 그 동안에
부질없는 눈물과 근심을 위한 시간은 없네,
인생은 너무 짧네.

인생은 쓰라린 감정을 품기엔 너무 짧네,
기다리면 시간이 최선의 해결사이네,
세월은 그 날개에 아픔을 치유하는 힘을 싣고 지나가네.
우리에게 증오를 위한 공간은 없네.
이 엄숙한 진리를 작은 동산이 가릴 수 없고,
빠르고 확실하게 우리들은 알게 되네,
인생은 너무 짧네.

인생은 높은 이상을 추구하는 것만으로도 너무 짧네,
누굴 원망하기엔 너무 짧으나, 사랑을 하기엔 충분하네.
그리고 사랑은 영원히 영원히 살아남으리라,
사랑은 우리 위에 떠있는 천상의 세계를 연결하네,
사랑은 신의 첫 번째 율법이고, 우주의 지렛대이니,
그의 드넓은 왕국에서는 빛나는 영혼들은 결코 한숨
짓지 않네,
인생은 너무 짧네

돌이켜보면 지나온 시간들이 바로 어제 일인 것 같은 생각이 든다. 많은 일들이 있었고, 나름대로 최선을 다해 살았는데도 불구하고, 해놓은 것도 없이 순식간에 인생이 지나가는 것 같다.

우주의 나이는 약 137억 년, 우리의 인생은 길어야 100년이다. 시간은 영원히 계속될 것이지만, 우리의 삶은 100년도 안 돼 끝이 나기 마련이다.

삶은 한 번일 뿐, 다시 주어지지 않는다. 우리의 인생에서 지나온 시간들도 결코 다시 돌아오지 않는다. 지나간 것은 그것으로 완전히 끝나고, 아무리 바라고 소원하더라도 그 순간으로 돌아갈 수는 없다.

미련과 후회가 있는 시간일지라도, 아쉽고 소중했던 시간일지라도, 그저 지나간 버린 것으로 끝일 뿐이다. 앞으로 주어진 시간을 최선을 다해 살아가더라도 지나온 세월들처럼 미련과 후회가 되는 일들은 또다시 반복될 것이다.

그저 바라는 것은 과거보다는 조금 더 나은 모습으로 주어진 남아있는 시간을 보내고 싶을 뿐이다. 삶은 한 번이라는 것을 너무나 잘 아는데도 불구하고 우리는 아무 생각없이 그저 시간을 흘려보내는 경우가 대부분이다. 깨어서 알아차리지 않는 이상, 시간은 그렇게 우리에게 아무런 말도 없이 지나가 버리고 만다.

오늘 충실하고 살게 오늘 행복하게 살며 오늘 즐겁고 기쁘게 살아가는 것이 최선이 아닐까 싶다. 과거는 돌아오지 않고, 미래는 올지 알 수도 없다. 과거의 일을 고칠 수도 없고,

미래에 어떠한 일이 생길지 알 수도 없다.

짧은 인생을 살아가는 가장 좋은 선택은 그저 오늘에 만족하고 오늘 행복하는 것이 아닐까 싶다.

48. 남겨질 묘비에는

〈묘비명〉

김광균

한 줄의 시는커녕
단 한 권의 소설도 읽은 바 없이
그는 한 평생을 행복하게 살며
많은 돈을 벌었고
높은 자리에 올라
이처럼 훌륭한 비석을 남겼다
그리고 어느 유명한 문인이
그를 기리는 묘비명을 여기에 썼다
비록 이 세상이 잿더미가 된다 해도
불의 뜨거움 굳굳이 견디며
이 묘비는 살아남아
귀중한 사료(史料)가 될 것이니
역사는 도대체 무엇을 기록하며

시인은 어디에 무덤을 남길 것이냐.

　보이는 것이 전부가 아니다. 많은 사람들이 부러워하고 가지고 싶어하는 것일지라도 그것이 전부가 아니다. 삶은 어떠한 정해진 규정이나 기준에 의해 판단되는 것이 아니다.

　옳고 옳지 않음, 좋고 좋지 않음, 그러한 것은 그저 분별이라는 기준을 가지고 있기에 존재하는 것일 뿐이다. 기준이란 사람들 나름일 뿐이며, 그러한 것에 미련이나 연연할 필요가 없다.

　진정한 자유인은 누군가가 내린 결론이나 기준으로, 아니 그 누군가가 사회 전체라 할지라도 그것으로 인해 삶이 선택되고 결정되고 판단될 필요가 없다.

　삶은 그저 있는 그대로 주어진 것에 불과하다. 진정한 자유인은 주어진 것을 있는 그대로 받아들여 오늘을 살아가야 하지 않을까 싶다.

　문학을 하는 이, 예술을 하는 이, 시를 쓰는 이, 아니 진정으로 자신이 원하는 것을 하는 이들은 이러한 진정한 자유인이 되어야 하지 않을까 싶다.

　나의 묘비명에는 진정한 자유인으로 살다갔다고 씌어 있었으면 한다.

49. 며칠 후에는

〈이제 며칠 후엔 〉

프랑시스 잠

이제 며칠 후엔 눈이 오겠지.
지난해를 회상한다. 불 옆에서 내 슬픔을 회상한다.
그때 무슨 일이냐고 누가 내게 물었다면
난 대답했으리라. 날 그냥 내버려 둬요.
아무것도 아니에요.

지난해 내 방에서 난 깊이 생각했었지.
그때 밖에선 무겁게 눈이 내리고 있었다.
쓸데없이 생각만 했었지. 그때처럼
지금 난 호박 나무 파이프를 피운다.

내 오래된 참나무 옷장은 언제나 향긋한 냄새가 난다.
그러나 난 바보였었지.

187

그런 일들은 그때 변할 수 없었으니까,
우리가 알고 있는 일들을 내쫓으려는 것은 허세이니까.

도대체 우린 왜 생각하는 걸까, 왜 말하는 걸까?
그건 우스운 일이다.
우리의 눈물은, 우리의 입맞춤은 말하지 않는다.
그래도 우린 그걸 이해하는 법.
친구의 발자국 소린 다정한 말보다 더 다정한 것.

사람들은 별들의 이름을 지어주었다.
별들은 이름이 필요 없다는 걸 생각지도 않고,
어둠 속을 지나가는 아름다운 혜성들을 증명하는 수치들이
그것들을 지나가게 하는 것은 아닌 것을

바로 지금도, 지난해의 옛 슬픔은
어디로 사라지지 않았는가?
거의 회상하지도 못하는 것을
지금 이 방에서 무슨 일이냐고 누가 묻는다면,
나는 대답하리라
날 그냥 내버려 둬요, 아무것도 아니에요.

아무리 어렵고 힘든 일일지라도 시간이 흐르면 다 지나가기 마련이다. 당시에는 너무나 괴롭고 고통스러운 것이라 하더라도 지나고 나면 아무것도 아니었다.

아무리 큰일이 나에게 닥쳐오더라도 그것을 뛰어넘어 살아야 하지 않을까 싶다. 내가 바라지 않는 일들이 나에게 일어나더라도, 내가 진정으로 원하는 일들이 이루어지지 않더라도, 그것에 대한 집착을 버리고 살아가야 한다.

어떠한 일이 나에게 와도 나는 다 괜찮다. 아무리 무거운 인생의 짐이 나를 짓누르더라도 나는 그것에 의해 좌우되면서 살아가고 싶지는 않다.

며칠 후에는 하얀 눈이 내릴 것이다. 오늘 무슨 일이 일어나건, 며칠 후에 내리는 눈을 바라보면 기분도 좋아지고 마음도 편안할 수 있다.

며칠 후에는 그 무겁고 힘들었던 것들이 사라지지 또 다른 새로운 시간이 나에게 주어진다. 그것이 더 힘들지 아닐지는 알 수 없으나 며칠이 지나고 나면 하얀 눈이 소복소복 내리는 마음 푸근한 날이 다가온다.

오늘을 충실히 살아내고, 오늘을 잃지 말아야 할 이유가 나에게는 너무나 많다. 더 나은 내일을 위하여 어떠한 일이 일어나더라도 나는 오늘을 온전히 살아내고 싶을 뿐이다.

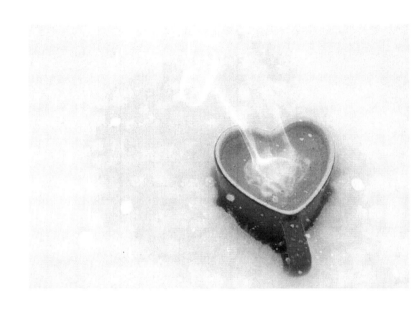

50. 삶은 완전하지 않다

우리는 나름대로 각자의 인생을 치열하게 살아가지만, 어느 순간 다시 처음으로 돌아가고 싶은 생각을 하는 경우가 있다. 삶은 결코 완전하지 않다. 나의 힘과 능력으로 최선을 다해 노력한다고 하더라도 원하는 길로 가지 못하는 경우가 너무나 많다.

김영하의 〈인생의 원점〉은 인생의 모든 순간에서 최선을 다해 선택하고 노력했지만, 지나고 나서 보니 결코 원하는 삶이 아닌 것에 관한 이야기이다. 다시 처음으로 돌아가고 싶지만 그러지도 못하고, 계속해서 지금의 길을 걸어가기도 힘에 겨운 어쩌면 우리 모두에게 해당되는 이야기인지도 모른다.

"살아가면서 이런저런 힘든 순간을 겪을 때마다 서진은 돌아가고 싶었다. 인생의 원점, 자신이 떠나온 곳, 사람들이 흔히 고향이라 말하는 어떤 장소로. 그가 누구인지 모두가 아는 곳으로. 그러나 아무리 생각해도 그런 지점이 어디인지 알 수 없었다. 그는 떠돌이의 인생을 살았다. 어려서는 부모를 따라 전국을 돌아다녔고, 커서도 한곳에 오래 머물지 못하고 여기저기 옮겨 다녔다. 사람에게도 비슷해 묵은 관계라고는 없었다."

살아갈수록 삶은 우리의 뜻대로 되는 것보다 그렇지 않은 것이 더 많다는 것을 느끼곤 한다. 나름대로는 최선을 다해 살아가지만, 현실은 그렇지가 않아서, 차라리 모든 것을 지워버리고 다시 시작하고 싶은 생각이 들기도 한다.

하지만 인생이라는 것을 돌이킬 수 있는 사람은 존재하지 않는다. 자신의 힘으로 헤쳐왔건, 그렇지 않았건 간에, 우리가 걸어온 그 길은 그대로 남아있을 뿐이다. 그것을 되돌릴 수도 없고, 다시 시작할 수도 없다.

"그 순간 서진은 인아가 이런 순간을 이미 여러 차례 겪었으며 지금 이 장면 역시 인아가 겪어왔고 앞으로도 겪을 순간들 중 하나에 불과하다는 직감이 들었다. 불행한 결혼생활을 계속해온 인아가 어떻게 자신한테만 마음을 열었겠는가? 뭔가를 할 수 있다고 말했다가 결정적인 순간에 그녀의 인생으로부터 도망친 여러 남자가 서진 이전에 존재했던 것이다. 서진에게는 인아가 회귀할 원점이었으나 인아에게 서진은 인생이라는 힘겨운 등산길에서 만나게 되는 대피소와 같은 것이 아닐까. 원점과 대피소는 당장은 눈물나게 고마울지 몰라도 언제든지 새로 만날 수 있다. 서진은 인아에게 유일무이한 존재가 되고 싶은 강렬한 욕망을 느꼈다. 하지만 어떻게 그런 존재가 될 수 있을지는 알 수 없었다."

누군가에게 시작점이 될 수 있는 것만큼 기쁘고 행복한 일이 있을까? 그 사람이 진정으로 사랑하는 사람이라면 더욱 그럴 것이다. 하지만 삶은 우리가 원하는 대로 바라는 대로, 다가오지 않는다. 원하지 않는 것이 오기도 하고, 피하고 싶은 것이 오기도 한다. 하지만 그것들을 온몸으로 모두 받아내야만 하는 것이 우리의 삶 그 자체가 아닐까 싶다.

"또 악몽 같은 밤, 하지만 이겨내야겠지. 내 곁에 아무도 없다는 생각을 하면 슬퍼지지만 어쩌겠어. 이게 내가 선택한 삶인걸. 너한테 부담 주지 않을게. 답은 안 해도 돼. 그냥 지우지만 말아줘. 말할 사람이 있다는 것만으로도 살아갈 힘이 생겨."

아무리 악몽 같은 순간들이 우리에게 오더라도 그것을 겪을 수밖에는 없다. 그 누구 하나 옆에 있지 않더라도 혼자서 모든 것을 헤쳐 나가야만 한다. 삶은 어쨌든 내가 선택을 하게 마련이고, 그 선택으로 인한 모든 책임은 내가 져야 하기 때문이다.

차라리 그 어떤 일이 나에게 다가오더라도 아무 문제가 되지 않을 것이란 생각을 하는 것이 낫지 않을까? 내가 원하는 것이 오지 않더라도 그것에 상관없이, 또한 내가 원하지 않는 것이 오더라도 그것에 연연하지 않고 살아내는 것이 오히려 더 현명한 것이 아닐까?

지나온 시간은 지울 수가 없으며, 다시 시작하려고 해도 그 시작점으로 돌아갈 수가 없다. 삶은 어차피 완전하지 않으며 그 완전하지 않음을 받아들이는 것이 차라리 더 나은 삶의 선택인지 모른다.

혼자도 두렵지 않다

정태성 수필집

초판 발행 2023년 7월 1일

지은이   정태성
펴낸이   도서출판 코스모스
펴낸곳   도서출판 코스모스
주소 충북 청주시 서원구 신율로 13
전화 043-234-7027
팩스 043-237-5501

ISBN 979-11-91926-78-1

값 12,000원